Dinge passieren. Menschen auch, sagt jedenfalls Esther Zinn. Dass das Eingeständnis ihrer Existenz, eines unehelichen Kindes, Probleme bereitet, erfährt in besonderer Weise auch ihr Sohn – auf der Beerdigung seines Großvaters, dem Vater seiner Mutter.

Der Roman »Sonne, Mond, Zinn« widmet sich einem existentiellen Thema in einer sehr poetischen wie klaren Sprache und macht dabei die Wichtigkeit und Härte des Sujets deutlich: Es geht um die Liebe der Eltern und die Liebe, die die Kinder ihren Eltern entgegenbringen. Und darum, wie Grausamkeit die Schicksale lenkt, wenn sie fehlt.

Die Geschichte um Esther Zinn bewegt sich zwischen Wirklichkeiten und Möglichkeiten, Erinnerungen und Sehnsüchten und führt die Leser*innen in weite Ferne bis an den äußersten Rand unseres Sonnensystems.

*Alexandra Riedel,* geboren 1980 in Süddeutschland und aufgewachsen in Norddeutschland, studierte Kunstgeschichte und Neuere deutsche Literatur an der Humboldt-Universität Berlin. Danach folgte ein Masterstudium am Deutschen Literaturinstitut Leipzig. 2014 war sie unter den Finalist*innen beim 22. Open Mike. Veröffentlichungen in: Ausstellungskatalog »Object is Meditation and Poetry« des GRASSI Museums für Angewandte Kunst (2017), Tippgemeinschaft (2016, 2015). Alexandra Riedel lebt in Berlin.

Alexandra Riedel

# SONNE MOND ZINN

ROMAN

VERBRECHER VERLAG

Erste Auflage

www.verbrecherei.de

Satz: Christian Walter
Druck: CPI Clausen & Bosse, Leck

ISBN 978-3-95732-423-8

Printed in Germany

*Der Verlag dankt Lealina Grün, Franca Pape und Luise Römer.*

*Was wir die Wirklichkeit nennen, ist eine bestimmte Beziehung zwischen Empfindungen und Erinnerungen, die uns gleichzeitig umgeben ...*

Marcel Proust

*Stories are where memories go when they're forgotten.*

Doctor Who

# 1

Alles in allem hatte ich nicht mehr gesagt als: Ja, am Apparat. Ja, ich werde da sein. Ja, danke, bis dahin.

Ob sie mit Gustav Zinn spreche?

Ja, am Apparat.

Guten Tag. Isolde Hamann ihr Name. Sie sei die Gattin von Anton Hamann und rufe an, um mitzuteilen, dass dieser vor wenigen Tagen verstorben sei.

Ihre Stimme wie geölt. Keine Spur von Heiserkeit, kein Räuspern.

Die Begräbnisfeier beginne morgen um elf Uhr. Anschließend treffe man sich im Haus der Familie. Ein gemeinsames Essen und ein Spaziergang seien geplant. Für Personen, die von weither anreisen, gebe es genügend Übernachtungsmöglichkeiten.

Sie sprach deutlich, überdeutlich, fast monoton, brach auch keinen Satz ab. Kein: Tja, ich weiß nicht, ob Sie, naja. Oder: Sie werden sich fragen, natürlich. Oder: Es wäre durchaus, Sie verstehen. Ja, das hätte sie sagen können.

Frau Hamann, die Witwe, schien alles im Griff zu haben. Sich, die Situation und auch mich. Ich sah sie deutlich vor mir. In gerader Haltung und mit strenger Miene. Ihr Haar zu einem festen Knoten am Hinterkopf zusammengebunden. Ihr Hals von einem rüschenartigen Stehkragen verdeckt.

Sie fragte, ob, nannte mir die Adresse und verabschiedete sich. Auf Wiedersehen, sagte sie und ich: Ja, danke, bis dahin. Dann legte ich auf, drehte den Monitor ein Stück zur Seite und schaute über die rot-weiße Dachmarkierung des Flughafentowers hinweg.

Dichter Nebel lag über der See, das Festland war nicht einmal mehr schemenhaft zu erkennen. Die Start- und Landebahn leer, mein Funkgerät stumm, der Container für den Check-in geschlossen. Davor standen ein paar Touristen. Sie wussten nicht, was tun, waren verwundert.

Dabei ist Seenebel im Sommer nichts Ungewöhnliches. Ich weiß das, Rainer vom Check-in weiß das, und die Piloten wissen das. Eigentlich alle, die auf einer Insel oder wenigstens in Küstennähe leben. Doch neunundneunzig Prozent unserer Touristen leben eben nicht auf einer Insel oder in Küstennähe, wissen es also nicht. Sie steigen dann schnaufend die Stufen zum Tower herauf, und ich muss ihnen erklären, wieso, weshalb, warum: Seenebel entstehe oft unter Hochdruckeinfluss, meist über Nacht, manchmal auch früh am Morgen, ganz plötzlich und so weiter. Nein, keine Radarflüge. Nein, ausschließlich Sichtflüge. Eintausendfünfhundert Meter Sicht müsse sein. Nein, es seien keine eintausendfünfhundert Meter. Die Landebahn liege bei achthundert Metern, dahinter nichts, nur Nebel.

Manchmal braucht es etwas Geduld mit dem Wetter und den Touristen.

Der Wind hatte bereits um sieben Uhr in der Früh auf zweihundertfünfundzwanzig Grad gedreht und mit durchschnittlich dreißig Knoten feuchtwarme Luft auf die Insel gebracht. Nicht zu ändern. Dann Rainers Schulterzucken. Ich solle die Passagiere zum

Hafen, zur Fähre schicken und ihn anrufen, falls der Wind abnehme, wieder Land in Sicht sei.

Wann?, hatten die Flugpassagiere von mir wissen wollen. Wann könne man wieder mit dem nächsten Flug rechnen?

So ein Nebel könne über Stunden anhalten, mitunter über Tage, ebenso lange, wie der Zustrom feuchtwarmer Luft erhalten bleibe.

Und er blieb erhalten, dieser Nebel. Bis zum frühen Abend. Ich musste also die letzte Fähre nehmen, um aufs Festland zu kommen, um mir am Hafen einen Wagen zu mieten, um loszufahren.

Natürlich kann von Müssen keine Rede sein. Niemand zwang mich. Ich tat es einfach.

Ich war perplex gewesen, erstmals von einem der Hamanns selbst zu hören. Vermutlich hatte ich deshalb zugesagt. Letztlich aber verpflichtete mich auch das zu nichts. Ich war ihnen nie begegnet, war ihnen nichts schuldig, hätte einfach anrufen und sagen können: Seenebel, ganz plötzlich, keine Möglichkeit, die Insel rechtzeitig zu verlassen und so weiter. Stattdessen rief ich meinen Chef an, sagte ihm, ich müsse für einen Tag von der Insel.

In Ordnung, sagte er nur, stellte keine Fragen.

Dann fuhr ich los, fuhr hin und bin noch immer da, in dieser Stadt, deiner Geburtsstadt. Aber ja, ich hätte sogar ohne ein Wort der Rechtfertigung wegbleiben können.

Monotones Rauschen. Erst auf See, später auf Asphalt.

Nachdem die Sonne untergegangen war, hatte ich an einer Autobahnraststätte Halt gemacht. Die Reklame der Tankstelle tauchte den flachen Anbau in blaues Licht.

Im Inneren roch es nach Brühwürsten und Frittierfett. Ein Mann warf Münzen in einen Spielautomaten, wartete, drückte ein paar Tasten und suchte in seiner Hosentasche nach weiterem Kleingeld.

Wir waren die einzigen Gäste, gähnten gleichzeitig, und in den Fensterscheiben spiegelten sich unsere müden Gesichter.

Herr Anton Hamann, dein Vater, mein Großvater: gestorben. Und woran? Ich hatte nicht gefragt.

Sie, Frau Hamann, die Witwe, würde es mir später noch sagen, nach der Beerdigung, im Garten stehend, bei Sonnenschein, ohne einen Satz abzubrechen.

# 2

Dinge passieren. Menschen auch, sagtest du immer, wenn du von deinem Vater sprachst.

Irgendwann machte ich mir deine Aussage zu eigen, denn schließlich war auch ich passiert. Alles vererbt, füge ich manchmal noch knapp hinzu, aber es kostet mich immer Mühe, bei all dem zu lächeln. Und doch ist es so: Väter spielten bisher keine Rolle in unserem Leben, weder in deinem noch in meinem. Das war immer unser kleinster gemeinsamer Nenner, deiner und meiner.

Es heißt, neunzig Prozent aller Menschen gehen fremd. Allerdings zählte dein Vater im Unterschied zu meinem noch zu jenen fünfzehn Prozent, deren Seitensprünge länger als eine Nacht andauerten. Also kein unüberlegter Hüpfer, bei dem die Arme plötzlich vor Schreck hochgerissen wurden, sondern einer von den weiteren Sprüngen, ein Sprung, bei dem die Arme lustvoll und genüsslich in der Luft kreisten. Der beste Weitspringer schaffte fast neun Meter, heißt es.

Dein Vater war Astronom. Soviel hatte dir deine Mutter erzählt, doch du wusstest nicht, wie lange das Verhältnis zwischen ihr und deinem Vater angehalten hatte. Du erinnertest dich allerdings an einen ganz bestimmten Mann, den du für deinen Vater hieltest. Vielleicht zu Recht.

Jedenfalls sagtest du, als Kind habest du diesen Mann auffällig oft gesehen, vom Fenster aus, im Weggehen mit der Mutter, den

Arm um ihre Schultern gelegt. Immer sei es Abend gewesen, sagtest du, und immer habe er einen schwarzen Anzug getragen, manchmal auch einen Hut. Eine Melone wie Chaplin. Ein Hut mit breiter, nach innen gedrehter Krempe sei das gewesen. Du habest dir deshalb auch manchmal vorgestellt, wie es wäre, Chaplin zum Vater zu haben. Es gebe da doch dieses Lied: *O mein Papa, war eine wunderbare Clown. Ei, wie er lacht, sein Mund sie sein so breit und rot. Und seine Aug' wie Diamanten strahlen.* Naja, und dann seist du eben das eine oder andere Mal von einem Mann mit Melone und viel zu großen Schuhen zur Schule begleitet worden.

Natürlich nicht wirklich, ich weiß.

Dergleichen sei dir nie wirklich passiert, weder mit deinem Vater, dem Astronomen, noch mit Chaplin, dem Komiker. Aber damit habest du leben können, sagtest du und auch, dass dein Weg zur Schule ohnehin nicht besonders weit gewesen sei.

Einmal habest du deinen Vater allerdings tatsächlich auf dem Weg zur Schule getroffen, und er habe dich gegrüßt. Ja, das habe er getan, er sei mit dem Rad auf dich zugefahren, habe dich angesehen und lächelnd die Hand gehoben. Der Vorderreifen sei dann ins Schlenkern geraten. Aber dein Vater habe mit links dagegen gelenkt, kräftig in die Pedale getreten und sei weitergefahren, wortlos an dir vorbei. Es sei lustig anzusehen gewesen, sagtest du.

Deine wenigen Erzählungen über deinen Vater hatten etwas Groteskes, Slapstickartiges, und immer waren es kurze, abrupt endende Szenen, in denen niemand sprach. Gut möglich, dass das deiner Vorliebe für Stummfilme geschuldet war.

Schon als Kind seist du ein Fan von ihnen gewesen, sagtest du. Du habest dich damals oft ins Lichtspielhaus geschlichen, heimlich durch den Hintereingang rein, am Filmvorführer, dem dicken Kins, vorbei, vorbei an den riesigen Projektoren. Ganz leise, auf Zehenspitzen seist du hineingeschlichen zu Charlie Chaplin, Buster Keaton, Harold Lloyd und Co.

Auch ich hatte sie kennengelernt, alle deine stummen Schwarz-Weiß-Helden. Nach und nach hattest du sie mir vorgestellt. Ich noch Kind, den Mund voller Popcorn und Limonade, umgeben von flackernden Bildern und deiner Stimme, die mir die Texttafeln vorgelesen hatte. Etwa die aus Chaplins The Kid. Erinnerst du dich?

Drei Frauen. Zwei sitzen auf den Stufen eines Hauseingangs, die dritte lehnt sich aus dem Fenster, schaut zu den beiden anderen.

Das Bild flackert.

Chaplin kommt um die Ecke, in seinem Arm ein Kind. Er will an den Frauen vorbei ins Haus. Eine steht auf, stemmt die Hände in die Hüften.

Schnitt.

Weiße Buchstaben vor schwarzem Hintergrund.

Du: Ist das dein Kind?

Schnitt.

Der Tramp nickt.

Schnitt.

Du: Wie heißt es?

Schnitt.

Der Tramp hält die Lippen verschlossen, verschwindet im Haus, kommt wieder zurück.

Schnitt.

Du: John.

Irgendwann das Bild des Himmels. Buchstaben in den Wolken.

Ich: Und was steht da?

Du: Fünf Jahre später.

Wer über Chaplin nicht lache, werde niemals im Leben glücklich, sagtest du. Von allen Schauspielern war er dir der liebste. Ich hingegen hatte stets Buster Keaton vorgezogen. Er war der stummste aller stummen Clowns. Man nannte ihn The Great Stone Face.

# 3

Etwa eine Stunde war ich in der Autobahnraststätte sitzen geblieben, hatte aus dem Fenster gesehen, an meinem Spiegelbild vorbei, in Richtung Nordosten, zum Sternbild Perseus.

Gestern war nämlich die Nacht vom zwölften auf den dreizehnten August, du weißt schon: die alljährliche Nacht der Perseiden. Für gewöhnlich sitze ich in dieser Nacht immer auf dem Tower und sehe zu, wie die Staubpartikel des Kometen Swift-Tuttle in der Erdatmosphäre verglühen, es Sternschnuppen regnet. Neulich habe ich allerdings gelesen, dass genau dieser Komet eines Tages mit der Erde kollidieren könnte.

Im trüben Blau der Tankstelle zählte ich elf Meteore, bezahlte meinen Kaffee und machte mich weiter auf den Weg in südliche Richtung. Hinter meinem Rücken verglühten wahrscheinlich noch hundert Meteoren, aber irgendwann war Schluss. Gegen vier schob sich die Sonne langsam über die bergige Landschaft, und um kurz nach acht erreichte ich nach ein paar kürzeren Zwischenstopps schließlich die Kirche.

Da stand sie also, auf ihrer grünen Anhöhe am Rande der Stadt. Gegenüber, in östlicher Richtung, etwa zehn Kilometer Luftlinie entfernt, schimmerten die metallenen Kuppeln des Observatoriums, an dem dein Vater gearbeitet hatte. Zunächst als Nachtassistent, später dann übrigens als Direktor – ich weiß nicht, ob das wichtig ist oder ob du davon wusstest. Jedenfalls hatte man dort zu seinem Renteneintritt eine Steintafel in den Boden eingelassen. Gleich neben einer Zeder. Unweit einer Sonnenuhr und ihrem Schattenwerfer, einem vier Meter hohen Obelisken. Auch er war von der Kirche aus ganz deutlich zu sehen. Ebenso wie das Tal, von der Marktgasse in zwei Hälften geteilt.

Heute werde der voraussichtlich heißeste Tag des Jahres, hörte ich den Radiomoderator noch sagen, dann stellte ich den Motor ab. Die Kirche, der Vorplatz, die Straße, alles noch menschenleer. Nichts bewegte sich, nur die Schatten der Bäume rückten näher.

Ich wartete etwa eine Stunde, bis er endlich auf mich zugefahren kam, Herr Hamann, dein Vater, oder vielmehr der Leichenwagen, langsam die gewundene Straße hinauf. Dicht gefolgt von einem Lieferwagen mit der Aufschrift: Weihler-Bestattungen. Familienunternehmen in der 3. Generation.

Kalligrafischer Stil, vielleicht einer Liste vorgeschlagener Schriftarten entnommen, dann auf selbstklebende Plastikfolie gedruckt und angebracht.

Eines Tages würde man die Drei gegen eine Vier austauschen. Vorsichtig schöbe sich ein Fingernagel unter die klebrigen Ränder der Drei. Ganz leicht, ganz leicht ließe sich die Zahl abziehen. Siehst du? Und nun die Vier, der Rest kann bleiben. Fertig.

Keine große Angelegenheit, so ein Generationenwechsel.

Die Dekoration müsse raus, sagte jemand. Vermutlich Herr Weihler zu seinen zwei Söhnen. Der eine, noch jung, etwa sechzehn oder siebzehn, öffnete nickend die Hecktüren des Lieferwagens. Der andere, eher in meinem Alter, nahm noch einen letzten Zug von seiner Zigarette, schnippte missmutig die Glut weg und ließ den angesengten Filter in seiner Hosentasche verschwinden.

Einige Blumenkränze, Lorbeerbäume und Kerzenständer wurden ins Kircheninnere getragen. Auch kleine Säulen und Sockel umwickelt mit glänzenden Stoffbahnen, schwarz und lila. Dann etwas später der Sarg. Möglicherweise war er schwer, dein Vater oder der Sarg oder beide zusammen.

Man habe den Rollwagen im Geschäft vergessen, hieß es.

Na, daran lasse sich jetzt auch nichts mehr ändern. Also los, los, reintragen, rein damit, Herr Weihler leicht gereizt.

Auch das Timing schien nicht perfekt.

Die Katafalkdecke sitze ja noch gar nicht, also zack, zack, den Sarg aus der Hand, den Tacker zur Hand.

Tack, tack.

Schließlich fand dein Vater seinen Platz. Obenauf ein Blumengesteck aus Lilien und ein gerahmtes Lächeln in Schwarz-Weiß.

Der Jüngere platzierte die Kränze, an deren Schriftbändern Herr Weihler noch schnell zupfte. Damit man sie nachher auch vernünftig lesen könne, sagte er, und der Jüngere nickt wieder.

# 4

Ich hatte bereits eine ganze Weile auf der Empore im Seitenschiff gesessen, auf die Lilien, den Sarg und Jesus geschaut, dann auf die Kränze und das gerahmte Lächeln in Schwarz-Weiß.

Herr Weihler und seine Söhne – vielleicht auch nur seine Angestellten – warfen einen letzten Blick auf das Arrangement und verließen die Kirche. Doch sie würden später zurückkommen, vielleicht sogar neben mir sitzen, oben auf Südwest. So stellte ich es mir zumindest vor. Wir würden einander dann heimlich von der Seite mustern und vorgeben, entweder die Orgel im Westen oder den Altar im Osten zu begutachten.

Herr Weihler würde sich vermutlich währenddessen fragen, warum ich nicht in der ersten Reihe sitze, denn immerhin, so ließe sich denken, sei ich viel früher als alle anderen erschienen und habe sie sogar während der Vorbereitungen beobachtet. Das mache doch keiner, der nicht zum Kreis der Familie gehöre, könnte Herr Weihler meinen und sich wundern.

Ich machte mir wirklich Sorgen, Herr Weihler würde mir später einen Platz in der ersten Reihe zuweisen, aber ich wollte nicht in der ersten Reihe sitzen und aus nächster Nähe auf die Rosen- und Nelkenkränze, auf den blutenden Jesus und den glänzenden Sarg starren. Auf keinen Fall wollte ich das.

Er war übrigens verschlossen, der Sarg. Kein Deckel mit Scharnieren, sondern fest verschraubtes Holz. Mahagoni. Schmale

Leisten umrundeten den Sarg und deinen Vater, wahrscheinlich in schwarzem Anzug, vielleicht wie damals, als er deine Mutter ausgeführt hatte, wohin auch immer.

Ins Theater vielleicht, sagtest du, weil deine Mutter so hübsch gekleidet und ihr Haar glänzend wie Seide. Stundenlang habe sie es gebürstet, gebürstet und gebürstet, bis es glänzte und sie ging. Du habest dann oft bis tief in die Nacht hinein gespielt. Einmal habest du dir sogar vorgestellt, eine berühmte Tänzerin zu sein. Du habest nämlich das feine Nachthemd der Mutter tragen dürfen, habest darin getanzt, auf der Straße, im Mondenschein, im Schnee, barfuß. Eine traumhafte, schöne Nacht sei das gewesen. Das Nachthemd so weiß, so weiß, so weiß wie der Mond, wie der Schnee.

Ich erinnere mich, wie du mir davon erzähltest. Ganz jung hattest du mit einem Mal wieder ausgesehen. Du lächeltest, strahltest wie ein Kind, schliefst irgendwann ganz ruhig ein.

Ein Jahr, sechs Monate und einen Tag ist es her. Das Licht gedimmt, die Vorhänge aufgezogen und am Himmel der Mond.

Warte nicht auf mich, ich gehe aus, könnte die Mutter damals zu dir gesagt haben. Klappernde Absätze auf den Stufen, bald darauf auf Kopfsteinpflaster. Ein Arm legt sich um die Schultern deiner Mutter. Ihr Haar glänzend wie Seide.

Es wurde spät. Vielleicht hattest du irgendwann zum Fenster hinausgesehen, und mit den ersten Schneeflocken könntest du auf die Straße gelaufen sein, könntest angefangen haben zu tanzen, im Mondenschein, im Schnee, barfuß.

Du tanzt und tanzt. Drehst dich um die eigene Achse und siehst dem Saum des feinen Nachthemds hinterher, siehst die staunenden Augen deines Publikums. Seht nur, eine Tänzerin! So talentiert! Und noch so jung!

Wie lange mochtest du getanzt haben? Bis die Nachbarn sich wunderten?

Was macht das Kind um diese Zeit noch auf der Straße? Wo ist denn die Mutter?

Ausgegangen mit Chaplin.

Als ich die Stufen der Empore hinunterging, erzeugte jeder meiner Schritte ein Knarren, ein Krächzen. Einundzwanzig hölzerne Treppenstufen, einundzwanzig Krächzer, dann wieder Stille. Das Klappern der mütterlichen Absätze verhallt. Ich neben der Weihwasserschale tauchte meine Fingerspitzen nicht ein, sondern folgte dem Gang des Hauptschiffes, entzifferte immer mehr von dem, was sich mir in unterschiedlichen Farben entgegenwand.

Grün auf Gelb. Gruß letzter Ein

Blau auf Hellblau. Verbundenheit tiefer In

Braun auf Beige. Remis

Ich blieb stehen, las in Schwarz auf Weiß: Meinem geliebten Ehemann und unserem geliebten Vater zum Abschied. Der größte aller Kränze.

In deinem Namen war der Text nicht aufgestickt worden. Es ist nämlich so, dass du nicht das einzige Kind des Herrn Hamann warst. Wusstest du davon? Mir war nie in den Sinn gekommen, dich danach zu fragen. Vermutlich, weil ich nie darüber nachgedacht hatte, dass auch dein Vater ein Leben geführt haben musste.

Erst als ich vor diesem Kranz stand, wurde ich mir dessen bewusst.

## 5

Herr Hamann, der Ehemann und Geliebte – wie vieler Frauen? –, der Vater – wie vieler Kinder? –, lächelte milde in Schwarz-Weiß.

Der Kopf eines alten Mannes.

Kinn auf Zeigefinger und Daumen gestützt.

Altersflecken auf dem Handrücken.

Der Ellenbogen verschwindet im Irgendwo. Vielleicht hatte er auf einem Tisch geruht oder eine kleine Mulde in den Oberschenkel deines Vaters gedrückt, gut möglich.

Helles, schütteres Haar. Grau vermutlich.

Die Augen groß und dunkel. Braun vermutlich.

Kleine, punktförmige Lichtreflexionen neben den tiefschwarz glänzenden Pupillen.

Der Blick in sich gekehrt.

Die Brauen leicht hochgezogen.

Schmale Lippen zu breitem Mund.

Ein Grübchen auf der linken Wange.

Auch wir haben dieses Grübchen.

Im Hintergrund eine Wand aus Büchern. Ihre Titel verschwanden in der Unschärfe. Vermutlich alphabetisch nach Autoren sortiert, dachte ich. Oder nach Anspruch, der von links nach rechts oder von oben nach unten abnimmt. Die vermeintlich hohe Literatur könnte allerdings auch nach vorn gestellt sein, um andere Bücher dahinter zu verbergen. In diesem Fall nähme der Anspruch eben von vorne nach hinten ab, aber was ändert das schon, dachte ich. Es bleibt ja doch nur eine Wand aus Büchern, dachte ich.

Erst später, im Haus, würde ich Gelegenheit haben, einen Blick in das Regal zu werfen, das eine oder andere Buch in die Hand zu nehmen und darin zu lesen.

Wenn man wusste, dass er ein Familienvater gewesen war, dann sah er auch wie einer aus.

Jenseits des Bildrandes hatten sie vielleicht gestanden, seine erwachsenen Kinder.

Im Hintergrund ein leises Knistern. Von einer Platte oder einem Kaminfeuer oder beidem. Draußen könnte es kalt gewesen sein. Vielleicht herrschte Schneegestöber, und der Verlauf der Straßen war kaum mehr auszumachen. Gut möglich, denn das Licht auf der Fotografie wirkte kühl.

In einigen Regionen des Landes hat es so stark geschneit wie noch nie seit Beginn der Aufzeichnung, könnte der Wetterdienst am nächsten Tag vermelden.

Der Familienvater sitzt am Tisch, ihm gegenüber seine Frau. Auch sie bemerkt die tiefschwarz glänzenden Augen ihres Ehemannes. Er erzählt irgendetwas, sie starrt ihn an, hört zu, und bald werden sie alle gemeinsam die Maronen aus dem Kaminfeuer holen.

Am frühen Morgen könnten sie sie eingesammelt, vorsichtig von den stacheligen Hüllen befreit und an den Spitzen kreuzförmig eingeschnitten haben. Der Baum gleich hinter dem Haus. Der Stamm gerade und kräftig. Maronen im Überfluss. Sie wären heruntergefallen, in den Schnee, in schneebedeckte Büsche. Daran ein paar gefrorene Beeren. Tollkirschen, so dunkel wie die Nacht, tiefschwarz wie die Augen des Ehemanns.

Und hatte der Ehemann einst von diesen verbotenen Früchten gekostet?

Ja, er hatte.

Oh, deadly nightshade, du Schönheit, du Göttin!

*Ein tiefer Sog zieht mich zu dir herab*
*In dein Zauberreich weit jenseits alles menschlichen Verstandes*
*Hab' ich gekostet von deinen süßen, tiefschwarzen Früchten*
*Trete ein in dein Reich der Schatten der Nacht.*

Und dann konnte der Ehemann, Geliebte und Vater was?

Er konnte nicht, konnte plötzlich nicht mehr sprechen, nur noch stöhnen, ja, das konnte er. Er windet sich, ruft den Namen einer anderen Frau, weint, strampelt wie ein Kind, glaubt wieder Kind zu sein, weiß nicht wohin, nur weg von diesem Kind, diesem jungen Mädchen, das dasteht, ihn ansieht, den Vater. Seine Pupillen geweitet, die Augen pechschwarz, der Puls bei hundertsechzig Schlägen die Minute, das Bewusstsein irgendwann verloren. Und dann? Nichts mehr. Alles vorbei. Die Totenglocke schaukelt hin und her.

Seiner Frau stockt der Atem. Sie wischt den Gedanken beiseite und betrachtet argwöhnisch das milde Lächeln ihres Mannes. Nein, nicht milde, sondern verklärt könnte sie sein Lächeln finden und zu wissen glauben, woran er noch immer denkt: an diese andere Frau, seine frühere Geliebte, dieses betörende Gewächs. Atropa belladonna. Sie spricht es laut aus.

Sie: Atropa belladonna!

Er: Wusstest du, dass der Gattungsname der Tollkirsche der griechischen Mythologie entspringt?

Sie: Nein.

Er greift hinter sich, greift ins Regal nach einem Buch. Sterne & Götter. Antike Sternsagen –

Antike Astronomie. Seine Finger ertasten das Lesezeichen auf Seite hundertvierundzwanzig.

Er: Klotho spann im Mondenhimmel den Schicksalsfaden, Lachesis legte auf Erden die Länge des Fadens fest, und die grausame Atropos, sie hat ihren Sitz in der Sonne, durchtrennte ihn am Ende der Lebenszeit. Schnipp.

Er schlägt das Buch zu, stellt es zurück ins Regal und lächelt milde in Schwarz-Weiß.

Ich verließ die Kirche und ging den kleinen Weg an der Nordseite der Kirche entlang. Auf Höhe des Chores eine Gabelung. Rechts der Friedhof, links der Kräutergarten. Tod und Heilung dicht beieinander. Dazwischen Holunder.

Man pflanze Holunder zum Schutz gegen böse Geister. Eine moosige Holztafel behauptete das und auch: Ein Toter finde erst seine Ruhe, wenn ein auf sein Grab gepflanzter Holunderstrauch zu blühen anfange.

Die Sträucher verblüht, die Beeren bereits reif. Wie ruhig die Toten waren.

Vielleicht würden sich die anderen Kinder des Herrn Hamann darum kümmern, einen Holunderstrauch pflanzen. Übrigens drei Kinder, dich mit eingerechnet.

*Ringel, Ringel, Reihe,*
*wir sind der Kinder dreie,*
*sitzen hinterm Holderbusch,*
*und schreien alle musch, musch, musch.*
Oder hieß es: … *sitzen unterm Holderbusch,*
*und machen alle husch, husch, husch?*

Ich sah euch im Reigen um den Holunder tanzen. Drei Geister, du und zwei Gesichtslose.

# 6

Noch vor dem ersten Glockenschlag saß ich wieder in meinem Mietwagen und beobachtete das Eintreffen der Gäste.

Sie kamen nach und nach aus allen Richtungen, trafen auf dem Vorplatz der Kirche zusammen und reichten sich die Hände. Oberkörper drehten sich leicht nach links oder rechts, um zu eröffnen, wer noch dabei war. Ein lächelndes Nicken gepaart mit einem Händedruck, gelegentlich auch eine Verneigung. Dann strich man sich das faltenfreie Sakko glatt, winkelte den Arm leicht an, streckte ihn der Begleitung entgegen und zog weiter.

Buntes Treiben in andächtigem Schwarz.

Etwas abseits vertrat man sich die Füße oder schaukelte von den Hacken zu den Zehen und wieder zurück, hin und her, die Hände in den Hosentaschen, möglicherweise dem knirschenden Kies unter den Schuhen lauschend. Die einen starrten gedankenverloren ins Leere, andere reckten ihre Hälse den Neuankömmlingen entgegen, die die Straße in Richtung Kirche heraufspazierten, auf meinen Wagen zu, an meinem Wagen vorbeigingen und dann auf den Kirchhof abbogen.

Man sprach über das Wetter, auch darüber, wie gut die Idee gewesen sei, ein Stück zu Fuß zurückzulegen.

Wirklich schönes Wetter.

Wirklich gute Idee.

Nochmal die Beine vertreten.

Nochmal tief durchatmen.
Man fange an zu schwitzen, so ganz in Schwarz.
Der heißeste Tag des Jahres.
In der Kirche bestimmt angenehm kühl.
Bachs Toccata werde gespielt.
Da vorne sei es schon.
Was?
Bach ein Klangredner, seine Stücke Gespräche.
Wessen Stücke?
Bachs.
Wie spät?
Gleich elf.
Unter all den vielen Menschen finde man sie doch niemals.
Doch, doch.
Wo?
Da, da.

Zunächst fiel mein Blick auf Hinterköpfe, dann darüber hinweg auf den Eingang.

Erst der Pfarrer, dann sie, die Witwe. Streng sah sie aus. Tatsächlich in etwa so, wie ich sie mir noch gestern vorgestellt hatte. Sie wurde von einem Mann aus der Kirche herausbegleitet, ihrem Sohn Anselm. Die beiden sahen sich sehr ähnlich. Graues Haar, hohe Stirn, hohle Wangen. Er etwa Ende fünfzig, sie vielleicht achtzig.

Mit etwas Abstand folgte Anselms Frau Susanne. Sie bugsierte Baldur, den Bruder des Verstorbenen, geradewegs zur Witwe. Allerdings schien Susanne unsicher, ob sie dort stehen oder lieber zurück in den Hintergrund treten sollte.

Sie auch mit dazu, ja, aber sicher! Das signalisierte ihr der Pfarrer, winkte sie heran.

Es entstand ein kleines Gedränge auf den Stufen des Kircheneingangs. Baldur Hamann geriet ins Wanken, wurde aber noch rechtzeitig aufgefangen.

Ein strenger Blick auf Susanne und wieder zurück auf die Menge. In diesem Blick lag etwas Suchendes. Die Witwe sah sich um, beugte sich zu Anselm hinüber und flüsterte ihm etwas ins Ohr, doch der schüttelte nur den Kopf.

Offenbar wartete sie auf jemanden, und genau dieser Jemand fuhr dann an meinem Wagen vorbei, bremste, setzte zurück und parkte direkt neben mir ein. Noch bevor das Auto richtig zum Stehen kam, öffnete sich bereits die Fahrertür, und Ulrich, der andere, der jüngere Sohn deines Vaters, schwang sich hustend aus dem noch schaukelnden Auto.

Er wirkte etwas zerzaust mit seinen schulterlangen, grauen Haaren. Schnell band er sie sich zusammen und sah dabei nach rechts, sah zu mir herüber, runzelte die Stirn und eilte zur Kirche, zwängte sich durch die Menge.

Ich selbst wartete noch ein wenig ab, betrat erst mit den letzten Gästen die Kirche und nahm auf der Empore Platz. Neben Herrn Weihler. Nur war Herrn Weihler nicht daran gelegen, mich neugierig von der Seite zu mustern. Offenbar hatte er nämlich nicht bemerkt, dass ich viel früher als alle anderen und so weiter. Denn hätte Herr Weihler bemerkt, dass, dann hätte er mich doch gemustert. Es gab also auch keinen Grund, Herrn Weihler zu mustern und dabei vorzugeben, die Orgel zu betrachten. Ich konnte sie tatsächlich betrachten.

Ich sah die Orgel, sah den Organisten und seinen Assistenten.

Stocksteif stand er hinter ihm, starrte auf die Notenblätter, auf die Register, auf die Manuale. Drei. Auf der mittleren ruhten die Hände des Organisten.

Er spiele heute die Toccata. Bach ein Klangredner, seine Stücke Gespräche, hatte es geheißen und auch, dass die Stimmen in den Stücken Bachs auf ganz wundersame Art durcheinander arbeiten, miteinander oder widereinander gehen, Reißaus nehmen oder folgen, aber alle Stimmen zum richtigen Zeitpunkt wieder zusammenfinden. So hatten es zwei ältere Herren behauptet, als sie an meinem Wagen vorbeigegangen waren. Pluck und Klaas. Sie würden sich mir später noch vorstellen als Kollegen und Freunde oder wenigstens doch Bekannte des Herrn Hamann. Pluck übrigens Kunsthistoriker, Klaas ein Kollege deines Vaters.

Also, Bach ein Klangredner, seine Stücke Gespräche, hatten Pluck und Klaas gesagt, und ich hörte diesem vermeintlichen Gespräch nun zu, hörte Blitz und Donner sich abwechseln, dachte an einen Windstoß, der das schwere Kirchenportal eindrücken und mit einem Mal alle Kerzen löschen könnte. Die Trauergäste würden sich dann erschrocken raunend umdrehen, nach oben schauen, sich fragen, was man da im Schilde führt.

Was ist da los?

Was wird da getrieben?

Hat da der Teufel seine Finger im Spiel?

Ich fragte mich, ob Herr Weihler vielleicht die Fantomas-Filme aus den sechziger Jahren kannte. Die Momente, da der anonyme, maskierte Meister in seiner Höhlengruft auftrat. Oder vielleicht Dr. Phibes Schreckenskabinett? Ob er wusste, dass Verbrecher in Filmen oft Orgel spielten.

Herr Weihler neben mir. Vor mir und unter mir gesenkte Köpfe auf schwarzen Schultern. In der ersten Reihe die Hamanns, davor der Sarg. Er wurde gerade mit Weihwasser besprenkelt.

Mit Jesus Christus sei er durch die Taufe verbunden, mit ihm sei er gestorben, mit ihm werde er leben, sagte der Pfarrer und betrat die Kanzel. Der Friede des Herrn sei mit euch.

Und mit deinem Geiste.

Gebt einander ein Zeichen des Friedens und der Versöhnung.

Man reichte sich die Hände. Ich sah zu Herrn Weihler hinüber. Wir hatten uns nicht zu versöhnen, kannten uns nicht, hatten keine Gelegenheit, keinen Grund gehabt, uns zu streiten, um uns versöhnend die Hände zu reichen, und trotzdem: Friede ist mit Ihnen, sagte Herr Weihler, und ich reichte ihm die Hand, sah ihn prüfend an, aber es machte noch immer nicht den Anschein, als erkannte er mich wieder. Zumindest ließ er sich nichts anmerken.

Liebe Familie Hamann, liebe Familienangehörige, liebe Trauernde, sagte der Pfarrer, während der Sarg im Schein der Kerzen glänzte und Jesus blutend am Kreuz hing. Man habe sich hier und heute versammelt, um Abschied zu nehmen.

Dann ein lauter Knall. Ein Gesangbuch lag im Gang. Jemand beugte sich zur Seite, hob es auf. Ein nervöses Räuspern, eine ächzende Bank und wieder alles auf Anfang.

Man habe sich hier und heute versammelt, um Abschied zu nehmen von Anton Hamann. Er hinterlasse seine Frau Isolde Hamann, seinen Bruder Baldur Hamann, die Söhne Ulrich und Anselm Hamann sowie die Schwiegertochter Susanne Hamann.

Ich hörte Namen und Bezeichnungen, von dir aber keine Silbe. Hätte ich damit rechnen sollen?

Ich heftete meinen Blick auf die Hamanns, wie ich ihn vorher auf den größten aller Kränze geheftet hatte.

Meinem geliebten Ehemann.

Kerzengerade saß sie da, die Witwe, rührte sich nicht.

Unserem geliebten Vater.

Zwei gesenkte Häupter. Dann ein leichtes Zucken und für einen kurzen Moment machte es den Eindruck, als ob einer der beiden, nämlich Ulrich – aber nein, nichts, er schwieg.

Ein Pakt vielleicht.

Vielleicht hatte der Pfarrer sich vorab mit der Witwe zusammengesetzt, sich angehört, was es zu sagen gab, zu sagen geben sollte, später dann, auf der Kanzel. Dabei könnte auch ihm ihre Stimme aufgefallen sein. Wie geölt, keine Heiserkeit und so weiter.

Der Pfarrer und die Witwe sitzen im Wohnzimmer. Löffel kratzen unentwegt über den Porzellangrund ihrer Teetassen. Die Marmeladen-Kekse bleiben unangetastet, ein Name ungenannt, aber das fällt nicht weiter auf. Die Stationen des Lebens sind bereits notiert, montiert, fest verschraubt. Nichts wackelt, nichts bringt das Gerüst ins Wanken. So ist es gut!

Im Hintergrund schlägt es zwölf Uhr. Ich werde nun gehen. Ist alles gesagt?, fragt der Pfarrer.

Ja, es ist alles gesagt, behauptet die Witwe. Der rüschenartige Stehkragen würgt ihren Hals. Sie streicht mit beiden Händen über die gepolsterten Lehnen des Sessels. Knochige Hände auf Samt. Dann beugt sie sich vor, um aufzustehen.

Aber nein, bleiben Sie sitzen, gönnen Sie sich ein wenig Ruhe.

Ganz bedacht ist sie gewesen, die Witwe, Ihre Mutter, könnte der Pfarrer anschließend zu den beiden Söhnen sagen, und sie begleiten ihn nickend zur Tür, noch immer den toten Vater vor Augen, wie er an seiner Frau vorbei die Stufen zum Erdgeschoss heruntergetragen wurde. Über ihm der Kronleuchter, und hindurch blitzte der Leib der Frau, der Mutter, der Witwe.

Am Kreuz gestorben, herabgestiegen zu den Toten, auferstanden in Herrlichkeit, du Kraft für die Sterbenden, du Tür zum Leben und einzige Hoffnung, sagte der Pfarrer.

Erbarme dich seiner, war die Antwort der Trauergäste.

Und: Amen.

Dann sollte dein Vater zu seiner letzten Ruhestätte getragen werden. Doch zuvor singe man gemeinsam ein Lied. Eine schwarze Anzeigetafel flackerte auf, schrieb Gotteslob Nummer vierundachtzig in leuchtend weißen Lettern.

*Zum Paradies mögen Engel dich geleiten,*
*die heiligen Märtyrer dich begrüßen*
*und dich führen in die heilige Stadt Jerusalem.*
*Die Chöre der Engel mögen dich empfangen*

und so weiter. Etwa drei oder vier Minuten lang ging das so. Ich nutzte die Gelegenheit und verließ die Kirche. Niemand drehte sich nach mir um.

Im Turm Quasimodo. Er schwang die Kirchenglocken. Bald schwitzend und mit einem Dröhnen in den Ohren. Nur langsam nahm es ab, verstummte irgendwann.

Quasimodo schaut auf mich und die Menge herab, streicht mit der Hand über eine der steinernen Figuren. *Why was I not made of stone like thee?*

# 7

Im Gleichschritt waren sechs Sargträger mit ihren zwölf Füßen über den schmalen Kiesweg geknirscht, an den Holunderbüschen vorbei, hatten sich an Marmorplatten und Engelsskulpturen entlang geschlängelt, waren auf Vergissmeinnicht getreten, um anzukommen an der Parzelle acht, Reihe zwölf.

Die Trauernden waren den Sargträgern gefolgt, hatten sich wie eine Decke über dem beweihräucherten Friedhof ausgebreitet.

Dann stellten zwölf Hände den Sarg ab, legten ihm Taue an und ließen sie langsam durch ihre sechzig baumwollummantelten Finger gleiten.

Ich hörte ihn aufsetzen, den Sarg, dumpf und schwer, und als der Pfarrer bis an die Kante des Grabes vortrat, verschwand ich im Schatten der Bäume, sah, wie der Pfarrer auf die Rückkehr des Leibes zur Erde verwies, sah die Hände des Pfarrers, das Kreuz, das sie in die Luft zeichneten, sah, wie die Witwe auf die Rückkehr des Leibes zur Erde verwies, wie sie dastand, hinabblickte, nach der Schaufel griff, sie mit Sand belud, anhob, den Unterarm leicht eindrehte und den Sand ins Grab fallen ließ. Sah auch Ulrich auf die Rückkehr des Leibes verweisen und wie dessen Bruder ihn schließlich weiterschob, ihn wegschob, der Mutter, der Witwe, entgegen.

Erde zu Erde, Asche zu Asche und so weiter, dasselbe Ritual immer und immer wieder.

Im Anschluss daran ging man auf die Hamanns zu, sprach ein Beileid aus, fünfmal hintereinander, jeder bekam eins und dafür fünfmal einen Dank zurück, irgendwann nur noch ein Nicken.

Nach und nach zogen die Trauergäste an mir vorbei. Manche schwiegen, manche sprachen leise miteinander.

Ach, jetzt habe man in der Aufregung doch ganz vergessen, die Kondolenzkarte zu überreichen, hieß es da. Geld sei drin, für die Grabpflege. Sie hoffe, das sei recht, wisse gar nicht, wohin jetzt mit der Karte. Ob sie zurückgehen solle?

Später, später, erst einmal weitergehen, sie halte ja alle auf. Ihr Begleiter sichtlich genervt. Wenn jeder zurückginge wegen einer Karte, entstünde ein heilloses Durcheinander. Und überhaupt: Was die Hamanns jetzt mit der Karte sollen? Die müssen die Hände frei haben.

Ja, da habe er recht, sie werde sie per Post schicken oder lieber selbst in den Briefkasten werfen, wegen des Geldes. Man wisse ja nie, sicher sei sicher.

Vollkommen richtig. Schluss jetzt damit.

Langsam, sehr langsam rollte sich der schwarze Menschenteppich ein und verschwand.

Mein lieber Herr Gesangsverein! Da sei ich tatsächlich gekommen! Ulrich hatte mich bemerkt, war auf mich zugekommen und reichte mir die Hand, zog mich aus dem Schatten hinaus, hin zu sich, hin zu Anselm und Susanne. Anselm reichte mir die Hand, und seine Frau Susanne reichte mir die Hand. Zu sagen hatten sie alle jedoch nicht mehr als, schön, mich kennenzulernen. Und vielleicht hofften sie, dieses Kennenlernen dank des dreimaligen Händedrucks erreicht zu haben. In jedem Fall standen sie da, lächelten und nickten wie zur Bestätigung dessen. Und dann: Schweigen.

Ulrich steckte seine Hände in die Hosentaschen und sah seinen Bruder grinsend an. Susanne zupfte nervös an ihrer Frisur, Anselm an seinem Hemd, deutete erst an, was er dann laut aussprach.

Warm heute.

Ja.

Mit dem Auto?

Ja.

Klimaanlage hoffentlich.

Ja.

Die Witwe und ihr Schwager Baldur verließen derweilen den Friedhof. Susanne bemerkte meinen Blick, drehte sich um, sah ihnen hinterher. Auch sie und Anselm und Ulrich würden bald den Friedhof verlassen, in ihre Wagen steigen, zuvor noch ein paarmal also dann sagen und losfahren.

Ich würde nicht sofort hinterherfahren, sondern zusehen, wie sie in ihren Wagen den Hügel hinabrollten und hinter Nadelbäumen im Tal verschwanden.

Also dann, würde ich mich nochmal sagen hören, nicht zum letzten Mal sagen hören, aber noch waren wir umgeben von Gräbern, Putten, Holunder, ich umringt von ihnen. Die Luft schwirrte, jetzt war sie es, die den Reigen tanzte.

Es werde langsam Zeit, sagte Anselm. Ob ich ihnen hinterherfahren wolle?

Die Hamanns vorneweg, über den kleinen Weg an der Nordseite entlang zum Vorplatz und auf die Straße.

Wo ich geparkt habe?

Dort.

Also dann, sagten die Hamanns. Ihre Stimmen chorisch gemischt.

Ich stand da und sah zu, wie sie sich in ihren Wagen den Hügel hinabrollen ließen und hinter Nadelbäumen im Tal verschwanden.

Also dann.

# 8

Von der Kirche bis zum Haus der Hamanns war es nicht weit. Etwa zehn Minuten mit dem Auto, eher weniger. Ich war bereits auf dem Hinweg, also am frühen Morgen, daran vorbeigefahren, aber es war nicht einzusehen gewesen, das Haus. Es war verdeckt von meterhohen Tannen.

Ein schmaler Pfad führte seitlich an den Tannen vorbei zu einem Tor, und erst von dort aus war es einzusehen, das Haus. Weiß verputzt, zwei Etagen, ein flach geneigtes Dach, schiefergedeckt. Die hölzerne Flügeltür geöffnet. Gäste auf dem Hof, unter dem Türbogen, im Flur, vielleicht im gesamten Haus verteilt, vielleicht sogar oben auf dem Speicher, neugierig in alten Kartons wühlend, in gekrümmter Haltung, weil die Kartons auf dem Boden oder das Dach flach geneigt waren. Man wäre nicht umhingekommen so zu stehen.

Der kristallene Kronleuchter klimperte im Wind, und hindurch blitzte der Leib der Witwe. Sie stand oben auf dem Treppenabsatz und besah die Gäste, die erschienen waren, um ihrem Gatten die letzte Ehre zu erweisen.

Spiegel waren mit schwarzen Tüchern verhängt.

Damit sich die Seele nicht darin verliere, sie nicht mehr herausfinde aus dieser alten Hütte, sagte Ulrich. Er war wie aus dem Nichts aufgetaucht und hatte eines der Tücher angehoben. Buh!, sagte er dann und grinste. Vielleicht seien die Spiegel auch verhängt worden, weil man sich nicht in die Augen sehen wolle. Gründe hierfür gebe es bestimmt einige, selbst in den besten Familien. Er sah mich prüfend an. Zum Beispiel aus Feigheit oder Verlogenheit oder Verlotterung, fügte er hinzu und: Ich solle mir etwas aussuchen.

Ich schwieg.

In Ordnung, sagte Ulrich. Mich gehe das ja im Grunde auch nichts an. Also emotional, emotional gehe es mich nichts an, es berühre, es betreffe mich nicht.

Später würde er behaupten, seine gesamte Familie sei durch und durch feige, außerdem verlogen, daher die Sache mit den Spiegeln. Er hingegen sei allerhöchstens etwas verlottert, aber keineswegs verlogen oder feige. Ich solle mich bloß in Acht nehmen vor seiner Familie, genau genommen vor seiner Mutter und seinem Bruder, mich am besten an ihn, Ulrich, halten. So sei ich auf der sichersten Seite.

Auf der sichersten Seite, sagte er, nicht auf der sicheren Seite. Das konnte bedeuten, dass die andere Seite zwar sicher, aber seine Seite eben aus irgendeinem Grund am sichersten war. Oder aber es bedeutete, dass seine Seite zwar die sicherste war, aber noch immer nicht sicher genug, nur vergleichsweise sicher.

Im Nachhinein betrachtet würde ich sagen, dass von sicher generell keine Rede sein konnte. Zudem kam für mich auch gar nicht in Frage, mich für irgendwelche unbekannte Seite zu entscheiden. Es war klar, auf wessen Seite ich stand, noch immer stehe. Ich bin schließlich dein Sohn.

Ob ich mich eigentlich gefragt habe, wie er mich erkannt hatte, vorhin am Grab, eigentlich ja sogar schon am Auto? Er verrate es mir. Ich verrate es dir, sagte Ulrich. Du siehst nämlich aus wie unser Vater in jungen Jahren. Dieses Grübchen. Wie aus dem Gesicht geschnitten. Häppchen? Ulrich deutete auf ein Tablett, das mir von einer Frau mit weißer Zierschürze entgegengehalten wurde. Eigens für diesen Zweck engagiert. Seine Mutter werde also zu ihrem Leidwesen nicht behaupten können, er habe sich nicht bemüht, sagte er noch und stieg die Treppe hinauf.

Ich folgte ihm, ohne zu wissen warum und wohin, betrachtete das im Laufen auf und ab wippende Sakko, die Schulterpartie, die an mehreren gerahmten Fotografien vorbeiwischte.

Ulrich und Anselm als Kinder.

Wir am See, sagte Ulrich. Und: Wir an Weihnachten. Und: Wir vor unserem Haus und so weiter.

Ich sah Herrn Hamann auf dem Gepäckträger eines Fahrrades sitzen. Auf der Lenkstange Ulrich oder Anselm. Die Tannen noch niedrig. Das Haus von der Straße noch einzusehen.

Ich sah Herrn und Frau Hamann auf einem Rasenplatz. Wolkenloser Himmel und schneebedeckte Berggipfel im Hintergrund.

Meine Eltern beim Golf, sagte Ulrich.

Ich sah Herrn Hamann am Rednerpult.

Einer von Vaters Vorträgen über was auch immer, sagte Ulrich.

Ich sah Frau Hamann in wehendem Mantel vor einem Panorama aus grauem Wasser und weißen Felsen.

Mutter an der normannischen Küste in Étretat, sagte Ulrich. Das Bild sei auf der Hochzeitsreise seiner Eltern entstanden. Mit dem Schiff seien sie unterwegs gewesen. Von der Nordsee durch den Ärmelkanal bis nach Le Havre.

Der Wind wehte und brachte den Kronleuchter zum Klimpern. Die Witwe war verschwunden.

Er selbst sei auch schon mal dort gewesen, erzählte Ulrich im Weitergehen. Mit dem Auto sei er über die Pont de Normandie gefahren. Windige Angelegenheit knapp neunhundert Meter über der Seine. Krumpholz habe sich übrigens in der Seine ertränkt, aus Liebeskummer, und außerdem habe man die Asche Jeanne d'Arcs in die Seine gestreut. Mittlerweile aber seien die Lachse wieder bis nach Paris unterwegs, das Wasser wieder tipptopp sauber. So, bitte sehr. Ulrich öffnete eine Tür, deutete hinein.

Weißes Betttuch, einmal umgeschlagen, mit den Handflächen glattgestrichen und dann fein säuberlich unter die Matratze geschoben. Das Kissen mit der Handkante zu einer Herzform eingeschlagen. Vielleicht von der Witwe selbst.

Sie holt aus, schlägt zu, trifft und dann: ein Herz. Daneben: Nachttisch, Lampe, Sessel, Fenster. Die Gardinen waren zur Seite geschoben. Blick in den Garten. Ein Maronenbaum im Garten. Daneben Hecken voller kleiner dunkler Beeren. Tollkirschen.

Gut?

Gut.

Dann sei das jetzt mein Zimmer.

Mein Zimmer also. Ich zog mein Sakko aus, warf es über das Kissen, das Herz, und als ich mich umdrehte, war Ulrich verschwunden.

Auf der Treppe und im Flur: Nur Gäste. Auch im Wohnzimmer. Über dem Kaminsims hing eine Bild. Eine Gischt versprühende Woge. Kein Land, kein Mensch, kein Horizont in Sicht.

Du und ich, wir waren damals oft am Meer, an der Nordsee, immer zur Ferienzeit, erinnerst du dich? Ich spielte im Sand, während du auf das Meer hinausblicktest. Das Meer an windstillen Tagen so glatt wie ein Betttuch. Der Horizont ein gerader Strich.

Ob du schon mal hinter dem Strich da gewesen seist?, fragte ich dich damals.

Nein, mein Schatz, noch nicht.

Im Hintergrund die Signalhörner der Dampfer und Kreuzfahrtschiffe. Ich wolle später Kapitän werden, sagte ich.

Bei ruhiger See wäre jeder gern ein Kapitän, sagtest du und zogst mir die Schwimmflügel über die Arme.

Ob ich mal nachsehen dürfe, was unter dem Strich sei?

Natürlich.

Du hieltest mich an der Hand fest, und ich tauchte unter, öffnete die Augen, den Mund, sah deine Füße, den sandigen Boden, auf dem sie standen, und war enttäuscht.

Vielleicht war ich deshalb kein Kapitän geworden und auch kein Taucher. Kein Problem. Ich fühle mich wohl mit meinem Job auf dem Tower.

Die normannische Küste, sagte jemand. Eine von Courbets unzähligen Studien. Eine von vielen, man sei schließlich nicht Krösus. Zwei Herren neben mir. Pluck und Klaas.

Pluck: Ob Klaas noch wisse, von wem Anton dieses Bild geschenkt bekommen habe?

Klaas: Ja, natürlich. Er etwa nicht? Von Isolde.

Pluck: Richtig. Vor etwa sechzig Jahren sei das gewesen, nicht wahr?

Klaas: Richtig.

Pluck: Ob Klaas sich auch noch an den Anlass erinnere? Ob er die Wahl nicht auch etwas irritierend gefunden habe? Pluck, pausbäckig und breitnasig, schmale, eng beieinanderstehende Augen, musterte Klaas herausfordernd von der Seite und fuhr dann mit dem Zeigefinger über den hölzernen Bilderrahmen. Zu dritt sahen wir den Staub aufwirbeln.

Ich war mir zunächst nicht sicher, ob sie mich überhaupt wahrgenommen hatten, aber doch, sie hatten.

Dürfe er sich vorstellen? Ingmar Pluck. Kunsthistoriker. Er sei ein guter Freund des Verstorbenen, und das hier neben ihm sei Gerhard Klaas, ein Kollege des Verstorbenen.

Und Freund, fügte Klaas unterkühlt hinzu und starrte noch immer auf das Bild.

Richtig, richtig, und Freund. Von mir aus, sagte Pluck und verdrehte dabei die Augen.

Klaas: Man müsse der Familie jetzt beistehen, vor allem Isolde, ihr Trost spenden. Deshalb sei er hier, nicht, um über irgendwelche Bilder oder Freundschaftsverhältnisse zu diskutieren. Man entschuldige ihn?

Pluck: Man entschuldige sie beide?

Ich nickte, und sie traten ab, eilten aus dem Wohnzimmer. Offensichtlich uneins.

Gut möglich, dass Frau Hamann vor etwa sechzig Jahren in genau dieser Woge das Abbild ihrer Seele wiedererkannt hatte. Nachvollziehbar wäre es jedenfalls und durchaus nicht irritierend. Mit Sicherheit war sie verletzt, bestürzt, aufgewühlt, bis ins Mark erschüttert. Wie konnte ihr Gatte es wagen, sie zu betrügen? Wie passend, könnte sie also gedacht haben, als sie das Bild entdeckte. In einer Galerie vielleicht.

Der Galerist kommt lächelnd auf sie zu, erzählt von der normannischen Küste, von Courbet und dessen vielen Studien. Er spricht natürlich nicht von unzähligen Studien, aber bestimmt schwärmt er von den Farben. Oh, diese Farben, diese Blautöne, wunderbar, und erst die Gischt, mit dem Spachtel aufgetragen und so weiter.

Die Gattin hört nicht zu. Sie denkt an die Zeit in Étretat, an die Hochzeitsreise, an ihren Ehemann und an sein Lächeln, das schon bald nicht mehr ihr gegolten hatte.

Wie viel?, unterbricht sie den Galeristen und hat das Scheckbuch schon in der Hand.

Nun ja, sagt der Galerist.

Verstehe, gibt sie zur Antwort, notiert ein paar Ziffern, schreibt sie in Worten nochmal aus und setzt mit Schwung ihren Namen darunter. Packen sie das Bild ein, ich will es mitnehmen.

Jetzt gleich?

Jetzt gleich.

Zuhause ruft sie ihren Mann zu sich, überreicht ihm kommentarlos das Bild und geht zu Bett.

Er streift das Seidenpapier ab, neigt den Kopf, betrachtet das Bild und senkt dann den Blick. Das Abbild einer Ehe, zusammengefasst in einer einzigen Woge, könnte er denken. Die Ehe arm an Romantik und Heiterkeit. Von Anfang an. Vielleicht versucht er es seiner Frau noch einmal zu erklären, es, das, den Seitensprung immer wieder zu erklären.

Pluck klopft seinem Freund tröstend auf die Schulter. Sie und ihre Sachlichkeit, ihre Nüchternheit, ihre steife Art haben dich doch erst zum Seitensprung getrieben, und nur so kann das Gemälde überhaupt zu dem umgedeutet werden, als das sie, deine Frau, es an dich verschenkt hat.

Herr Hamann weiß nicht, was sagen.

Und Klaas? Klaas will lieber nicht drüber diskutieren. Nein, es ist besser für alle, sich in diesen Belangen bedeckt zu halten, könnte er finden.

Die Ehefrau verwahrt sich ohnehin gegen eine solche Interpretation. Wie bitte? Ich höre wohl nicht recht? Dass ich nicht lache!, ruft sie vom Treppenabsatz herunter. Niemand soll es wagen, mir die Schuld an alldem zu geben, mich in all das hineinzuziehen. Heute nicht, morgen nicht und schon gar nicht in neun Monaten. Damit sei das Maß ein für alle Mal voll. Sie sei verletzt, bestürzt, aufgewühlt, bis ins Mark erschüttert. Ob ihm das gefalle?

Ob mir das Bild gefalle, wollte Ulrich wissen. Ein Geschenk unserer Mutter an unseren Vater, sagte er. Das Gemälde strotze nur so vor Realismus, dabei sei sein Vater doch eher ein Romantiker gewesen.

Ich sah den Sarg, das milde Lächeln in Schwarz-Weiß, einen Mann in Anzug und mit Melone, sah Chaplin in The Kid, sah die Witwe am offenen Grab, sah, wie sie dastand, hinabblickte, nach der Schaufel griff, sie mit Sand belud, anhob, den Unterarm leicht eindrehte und den Sand ins Grab fallen ließ. Ich sah auch Courbet blaue Farbe auf eine Leinwand spachteln, sah, wie er von Zeit zu Zeit seine Stirn gegen die Fensterscheibe drückt und hinausschaut in den Sturm. Salzwasser peitscht gegen die Scheiben und rinnt in Sturzbächen die Hauswand hinunter. Das Meer so nah, dass es gegen das Haus zu branden scheint. Und irgendwo ganz in der Nähe Frau Hamann in wehendem Mantel vor einem Panorama aus grauem Wasser und weißen Felsen, das Bild einer betrogenen Seele oder einer unglücklichen Ehe.

Tatsächlich aber war hier nichts weiter zu sehen als eine Gischt versprühende Woge im Stillstand, also nicht einmal wirklich wogend, nicht einmal wirklich etwas versprühend.

Anselm kam dazu. Ah, er sehe schon, man unterhalte sich über das Bild. Die Eltern seien Liebhaber der normannischen Küste gewesen.

Liebhaber, ja, Ulrich lachte auf, fragte, ob es nicht schon jetzt äußerst amüsant zugehe auf diesem Totentanz? Dann breitete er die Arme aus und setzte an:

*Spross der Schmach und grünohriger Junge*
*Verhärmtes Korsett und Mutters hechelnder Fant.*
*Des Weltalls Totentanz mit letztem, ächzendem Schwunge*
*Er reißt euch hinweg in Stätten nie genannt.*

Ein Blick auf Anselms Mund. Nicht von Natur aus schmallippig. Ulrich deutete mit dem Zeigefinger auf Anselms Mund, machte eine Kreisbewegung um seinen Mund, sagte: Da stimmt etwas nicht, und Anselm wandte sich ab, einem der Gäste zu. Er ging ihm mit ausgestrecktem Arm entgegen, schob ihn weg. Wie schön, Sie zu sehen, Herr Soundso. Und: Wegschieben.

Übrigens sei das eben eine Strophe aus Baudelaires Danse macabre gewesen, fuhr Ulrich fort. Er habe der Europäischen Totentanz-Vereinigung diese Übersetzung nach Bamberg geschickt, aber sie sei leider nicht in die Anthologie aufgenommen worden. Nicht, weil sie zu eigensinnig oder zu frei sei, seine Version. Das glaube nur sein verkappter Bruder, aber nein, Blödsinn! Man habe die Anthologie einfach eingestampft. Die Nachfrage zu gering. Aber in diesem Fall könne er damit leben. Ohnehin habe er sich vor Kurzem in das Arbeitszimmer seines Vaters zurückgezogen, suche dort nach Material, nach Dokumenten, Fotos, Notizen. Jeden noch so kleinen Schnipsel wolle er begutachten. Ihm schwebe nämlich vor, eine Biografie über den Vater zu schreiben, allerdings nicht selbst. Er, Ulrich, übernehme lediglich die Recherche, und der da schreibe alles nieder. Ulrich zeigte in Richtung Flur, zeigte auf Herrn Soundso. Auf Holm. Andreas Holm. Links neben Anselm. Eine erste grobe Fassung liege bereits vor. Lückenhaft sei sie natürlich noch, zumindest in Bezug auf bestimmte Dinge, über die niemand spreche, nie gesprochen habe, aber das könne ich mir ja vermutlich denken, sagte Ulrich noch im Weggehen.

Anselm sah Ulrich auf sich zukommen und schob Holm abermals weiter, weiter durch den Flur, raus auf die Terrasse und die Stufen hinunter in den Garten, wo alle drei im Schwarz der Menge verschwanden.

Holm sah ich nicht wieder.

Vielleicht hatte Anselm ihn gebeten zu gehen.

Holm: Ich bin lediglich auf Einladung Ihres Bruders erschienen, soll Notizen machen, Gespräche protokollieren, biografische Lücken füllen.

Anselm: Mir wäre wohl, wenn Arbeit und Privatleben nicht vermischt werden, vor allem nicht heute. Sie verstehen?

Holm: Aber ja, natürlich. Verzeihen Sie.

Anselm: Bitte dort entlang.

Holm: Etwa hier entlang?

Anselm: Ja, nicht durch das Haus zurück, am besten gleich vom Garten aus auf den Hof und weg mit Ihnen.

# 9

Bitteschön. Dankeschön. Draußen wurde Kaffee gereicht.

Möchten Sie auch?

Ich nickte und schaute mich um. Etwa fünfzehn Gäste im Garten. Klimpernde Tassen auf Untertassen und geschürzte Lippen. Immer ein Schlückchen nach dem anderen. Etwa dreißig Augen starrten neugierig über etwa fünfzehn Tassenränder, sahen die Witwe.

Ulrich ging ihr entgegen, reichte ihr die Hand, wollte sie offenbar die Stufen herunterbegleiten, aber sie wollte nicht die Stufen herunterbegleitet werden, wollte lieber dort oben auf der Terrasse stehen bleiben. Gerade Haltung, strenger Blick, die Hände auf die steinerne, leicht rissige Brüstung gelegt.

Wollte sie etwas sagen? Nicht mehr lange und man würde erwarten, dass sie etwas sagte. Sie, die Witwe, man, die Gäste, und ich.

Kurz glaubte ich, die Zeit sei stehen geblieben, doch dann klopfte die Witwe mit dem Löffel an den Rand ihrer Tasse, wartete einen Moment ab, sagte, der Tod lächele sie irgendwann alle an, und das Einzige, was man machen könne, sei zurückzulächeln. Sie selbst verzog dabei keine Miene, aber die Gäste schienen die Botschaft auch ohne das Zutun der Witwe verstanden zu haben, zumindest lachten sie, vielleicht, weil sie lachen mussten, also tatsächlich lachen mussten, oder nur aus gutem Benimm. Wie auch immer. Sie lachten.

Wie unerfreut Anton nämlich wäre, sie, die Gäste, hier und heute, erschüttert zu sehen. Also bitte. Dann eine wegscheuchende Handbewegung. Husch, husch, husch!

Jawohl, Frau Mama, rief Ulrich, trat klatschend einen Schritt zurück und stieß gegen seinen Bruder, der, ganz die Mutter, keine Miene verzog.

Miene zum Spiel, Miene zum Spiel, so sei es richtig, hörte ich Ulrich sagen.

Anselm lockerte seinen Krawattenknoten, ging zu seiner Frau und lauschte der Gesprächsrunde, die irgendwo zwischen Rasenfläche und Treppenabsatz entstanden war.

Ich führte die Tasse zum Mund und trank den Kaffee in einem Zug aus, lächelte den Ekel weg, lächelte in die Menge. Ich sah den Garten, die Terrasse und sie, die Witwe, die langsam, Schritt für Schritt, die Stufen herabstieg, aber bestimmt nicht langsam herabstieg, weil sie die Stufen nicht schneller herabsteigen konnte, nein, langsam, weil sie bei jedem Schritt, den sie tat, ihre Gäste taxierte, auch mich, vor allem mich. Sie nickte mir zu. Kein gewöhnliches Nicken. Dieses Nicken signalisierte mir deutlich, dass ich genau dort stehen zu bleiben, mich nicht vom Fleck zu rühren habe, damit sie, die Witwe, mir die Hand zur Begrüßung reichen konnte.

Isolde Hamann, es freue sie, dass ich den Weg zu ihnen gefunden habe.

Den Weg zu ihnen, den Hamanns, gefunden. Ich nahm ihre ausgestreckte Hand entgegen. Ein fester Händedruck.

Sie habe mich vorhin gar nicht am Grab gesehen, habe mich vermutlich übersehen.

Übersehen. Ja. Vermutlich. Ich schwieg.

Mit aller Kraft habe ihr Mann versucht, gegen den Krebs anzukämpfen, jedoch irgendwann eingesehen, dass er es nicht schaffen werde. Vor drei Nächten habe er gesagt, dass ihn der Teufel holen werde, und so sei es dann auch gekommen, noch in derselben Nacht. Fünfundachtzig Jahre sei er alt geworden. Aber irgendwann lächele der Tod sie alle an, man könne nur zurücklächeln, sagte sie wie zuvor ohne eine Miene zu verziehen. Dann legte sie mir die Hand auf die Schulter, sah mich allerdings nicht an.

Sie hatte mir im Weggehen die Hand auf die Schulter gelegt. Man dürfe Platz nehmen, das Essen werde bald gereicht, rief sie und deutete in den hinteren Teil des Gartens.

Der Tisch ein langgestrecktes T.

Kommen Sie, kommen Sie, setzen Sie sich, stimmte Ulrich mit ein, griff nach meinem Arm und raunte, ich solle bloß nicht glauben, seine Mutter habe mich aus Mitgefühl oder irgendeiner Pflicht zur Ordnung eingeladen. Vielmehr sei es so gewesen, dass er seiner Mutter keine andere Wahl gelassen habe. Du oder ich, einer von uns beiden wird ihn anrufen, soll er zu ihr gesagt haben. Er habe neben ihr gestanden während des Telefonats. Ganz bedacht sei seine Mutter gewesen, also irgendetwas zwischen beherrscht, abgeklärt oder kaltblütig. Auch hier könne ich mir etwas aussuchen, sagte er noch und zog lächelnd einen Stuhl vor. Setz dich.

Ulrich selbst nahm auf Handzeichen seiner Mutter zwischen ihr und Anselm am Kopf des Tisches Platz. Erfreut schien er darüber nicht, fügte sich aber trotzdem ihrem Wunsch.

Ich versuchte mir vorzustellen, wie das abgelaufen sein soll, wie Ulrich seine Mutter gezwungen haben mochte, mich anzurufen.

Im Flur auf einem runden Tisch das Telefon. Im Hintergrund das stoische Ticken einer Uhr. Es ist zehn vor neun, der zwölfte August zweitausendundacht.

Was ist denn nun? Ruf an! Na los! Hier ist die Nummer. Ich habe mich gekümmert, werde mich auch selbst kümmern, wenn du es nicht tust. Ulrich nimmt den Hörer in die Hand, hält ihn seiner Mutter hin. Sie greift danach, er zieht den Hörer wieder weg. Lachend. Ich werde wählen, nur um sicherzugehen. So, es klingelt. Hier, jetzt bist du am Zug.

Ob sie mit Gustav Zinn spreche?

Ja, am Apparat.

Neben ihr ihr Sohn, mit hochgezogenen Brauen und einem dämonischen Lächeln steht er da, hört zu, wedelt mit den Händen. Weiter, weiter im Text.

Für Gäste, die von weither anreisen, gebe es genügend Übernachtungsmöglichkeiten. Ob ich es einrichten könne, zur Beerdigung zu erscheinen?

Ja, ich werde da sein.

Gut. Die Adresse und so weiter. Auf Wiedersehen.

Ja, danke, bis dahin.

Na, wer sagt's denn, ganz wunderbar, Mutter! Jetzt noch flott das Bett herrichten.

Kissen. Handkante. Zack. Herz.

# 10

Länglich schmale Schatten huschten über das weiße Tischtuch. Man saß unter einem Kirschbaum, die Kirschen durch und durch verwurmt. Die Tierchen seilten sich langsam ab, blieben eine Weile irgendwo zwischen Licht und Schatten liegen und machten sich dann auf den Weg, krochen los. Ab und an fegte sie jemand mit der Hand vom Tisch.

Wein wurde gereicht. Ulrich leerte sein Glas in einem Zug, hielt es dem Kellner erneut hin, warf dabei den Kopf in den Nacken und lachte. Seine Mutter neben ihm. Sie fuhr mit der Hand über Ulrichs Glas, versperrte dem Flaschenhals den Weg. Der Kellner drehte ab und ging.

Baldur Hamann war zwischenzeitlich auch aufgetaucht, stand hinter Ulrich, blickte auf ihn herab, wirkte irritiert, schüttelte den Kopf und holte tief Luft. Ruhe! Er hatte um Ruhe gebeten, genaugenommen hatte er um Ruhe gebrüllt, und die Gäste schwiegen. Entsetzte Gesichter, ein verlegenes Räuspern von irgendwoher und hinter vorgehaltener Hand ein Flüstern.

Alles etwas viel, das müsse man verstehen.

Ja, nicht leicht für ihn.

Man bedenke außerdem das hohe Alter.

Die Witwe tätschelte ihrem Schwager die Hand, aber er ließ sich nicht so leicht beschwichtigen, schüttelte ihre Hand von seiner. Es sei doch einfach abscheulich, brüllte er weiter. Kaum sei sein Bruder tot, wolle ihm jeder dahergelaufene Taugenichts etwas über ihn erzählen. Ausgerechnet ihm! Über seinen eigenen Bruder! Und was? Er blickte wieder zu Ulrich und tippte sich mit dem Zeigefinger gegen die Stirn. Alles nur Geschwätz, Aufspielerei, Wichtigtuerei! Wer nehme das schon für bare Münze? Er kenne Anton, wisse, für was er gebrannt habe. Für Golf nämlich. Oh ja! Baldur kam ins Schwelgen. Golf, das sei ihre gemeinsame Leidenschaft gewesen. Und wie jung sie damals noch gewesen seien. Sogar auf dem Hochplateau in Crans-Montana haben sie gespielt. Anton, Isolde und er. Sie drei. Wir drei auf einem der schönsten Golfplätze der Welt, nicht wahr, Isolde? Erinnerst du dich?

Ja, natürlich, Baldur.

Wie lang mag das her sein?

Mehr als sechzig Jahre, Baldur.

Und ob sie sich auch an die Sieben erinnere? Ach, diese Sieben! Ein gerade mal zweihundertsechzig Meter langes Par-Vier-Loch. Von Anton etwas gefürchtet, weil das Fairway stark abhänge. Und der Bruder sei ja leider ein notorischer Slicer gewesen, seine Schläge einfach immer viel zu steil. Ein verzogener Abschlag sei dort natürlich gnadenlos bestraft worden. Nicht zu ändern. Nur der Blick ins Rhonetal und die schneebedeckten Gipfel der Viertausender, der habe es ausgleichen können, habe beinahe alles vergessen lassen, nicht wahr, Isolde?

Ja, beinahe alles, Baldur.

Meine Eltern beim Golf, hatte Ulrich gesagt.

Der Schläger der Gattin zeichnet eine Diagonale in den wolkenlosen Himmel. Der Ball ist bereits abgeschlagen, klebt als Punkt neben der schneebedeckten Spitze des Matterhorns.

Dieser Ausblick! Gleich könnte Isolde sich nach ihrem Mann umdrehen, ihn streng mustern und sich fragen, woran er gerade denkt.

Und er? Was macht er? Er sieht nicht in ihre Richtung, hat ihr den Rücken zugekehrt, sieht an der Kamera vorbei, sieht wehmütig in die Ferne. Atropa belladonna!

Im Rücken die Viertausender und seine Frau.

Hier, auf dem Hochplateau von Crans-Montana, nur wenige Schritte vom tiefen Rhonetal entfernt, möge es doch bitte passieren, könnte er sich denken.

Sie: Was möge passieren?

Er: Du mögest alles vergessen.

Sie: Wovon um alles in der Welt sprichst du da?

Er: Von einem tragischen Unfall.

Sie: Was für ein tragischer Unfall?

Die Leute würden jedenfalls glauben, Frau Hamann sei abgerutscht, einfach abgerutscht und vom Hochplateau gestürzt, an einem sonnigen Frühlingstag mit freiem Blick auf das Rhonetal und die schneebedeckten Gipfel der Viertausender, ganz in der Nähe der traumhaften Sieben. Unabwendbar! Furchtbar.

Wunderbar sei das gewesen, sagte Baldur.

Ja, ganz wunderbar, Baldur. Die Witwe erhob ihr Glas. Nun stoße man aber an. Auf ihren Mann.

Auf den Bruder.

Auf den Vater, einen Mann voller Leidenschaften, sagte Ulrich und brachte die Szene ins Stocken. Golf, lieber Onkel, war, wie du ja sicherlich weißt, beileibe nicht die einzige Leidenschaft meines Vaters. Oh nein, beileibe nicht! Sondern? Wer wisse es? Wer kenne die andere Leidenschaft seines Vaters? Niemand?

Die Gäste ließen die Gläser sinken, überlegten. Naja, was könnte das gewesen sein?

Die Astronomie?

Ja, natürlich, die Astronomie meint er bestimmt!

Anselm hielt sich an der Tischkante fest, verkrallte sich regelrecht in ihr, sah zu seiner Mutter hinüber. Ihre Miene starr.

Ja, die Astronomie natürlich auch, aber nein, ich meine das Schachspielen!, brüllte Ulrich wie zuvor Baldur, schlug dann aber lachend mit der Faust auf den Tisch, erhob sich und fuhr fort. Vater sagte immer, wenn man als junger Mensch damit anfange, dann werde man niemals mehr aufhören. Es sei eine Leidenschaft, die einen bis ins Grab begleite, hat er zu mir gesagt. Und dann kam alles, wie es kommen musste. Erst eine Woche sei es her, da habe er am Bett des Vaters gesessen und mit ihm das letzte Spiel seines Lebens gespielt. Das sei nicht nur wunderbar, sondern sogar im wahrsten Sinne des Wortes atemraubend gewesen, sagte Ulrich. Sein Vater und er wie Philipp Meitner und Carl Hamppe, Wien achtzehnhundertzweiundsiebzig. Eigentlich kaum in Worte zu fassen, aber er werde es versuchen, sagte Ulrich, verschränkte die Hände auf dem Rücken und schlenderte los, umkreiste langsam den Tisch. Also Philipp Meitner und Carl Hamppe, ja?

Ja, ja. Die Gäste ganz gespannt.

Vater als Meitner und ich als Hamppe. Vater fing an. Er setzte seinen Bauer auf e4 und ich meinen auf e5. Zwei Bauern, Aug in Aug. Naja, nicht aufregend, könnte man denken, aber dann die sogenannte Wiener Partie. Also Springer auf c3.

Soso, die Wiener Partie!

Sagt mir nichts.

Mir auch nicht.

Mir schon.

Ich ahnte Vaters nächsten Zug, verdarb ihm aber die Freude, setzte meinen Läufer auf c5. Er wird es schon aushalten, habe ich im Stillen gedacht, aber Vater, völlig irritiert, wollte unbedingt meinen Läufer vertreiben, setzte seinen Springer auf a4, doch stand der dadurch total im Abseits. Was wäre klüger gewesen?

Oh, das wisse man nicht, kenne sich nicht so besonders gut aus im Schach.

Klüger wäre gewesen, den Springer auf f3, den Bauern auf d6 und erst dann, naja egal. Ich ziehe meinen Läufer vor auf f2, schlage Vaters schützenden Bauern und drohe seinem König.

Oh!

So schnell?

Natürlich nur für kurze Zeit, immerhin stehe ich dem König mit meinem Läufer ja schräg gegenüber.

Ach so!

Vater nutzt die Gunst der Stunde, das kann man ihm nicht verübeln, und schlägt mit seinem König meinen Läufer.

Haha!

Auch Vater freut sich, allerdings hat er seinen König damit auch ganz schön an die frische Luft gesetzt. Das wird ihm schon noch auffallen, denke ich und rücke also meine Dame auf h4 vor. Schach dem König!

Huch!

Ja, huch! Ab jetzt muss sich sein König auf eine lange Wanderschaft gefasst machen, er rückt auf e3, aber meine Dame bleibt ihm auf den Fersen, er rückt vor auf f4. Wieder Schach dem König! Na ja, und so flieht Vaters König immer weiter, während ich mit allen Figuren Jagd auf ihn mache. Also meinen Bauer vor auf d5. Vaters

König wendet sich schutzsuchend dem Damenflügel zu, rückt nach links auf c3. Ich will jetzt keine Zeit verlieren, versuche mit meiner Dame Vaters König zu erlegen. Vater und sein König flüchten weiter auf b3, und ich hole meinen Springer aus dem Stall, von b8 auf a6. Vater zieht seinen Bauern vor, stellt ihn neben sich und wehrt damit ein Matt auf b4 ab. Dann rückt meine Dame vor, nimmt sich den Springer. Direkt vor ihr stehen Vater und sein Bauer. Noch ein rätselhafter Zug von mir, könnte man glauben. Vater sieht endlich seine Chance gekommen, will meinen Angriff abwenden und schlägt meine Dame, aber ja, ja, er ist allein, rückt immer weiter in mein vermintes Terrain vor. Meine Opfer scheinen sich gelohnt zu haben. Ich setze meinen Springer von a6 auf c5 und was soll ich sagen? Schach dem Vater! Er will sich meinem Springer nähern, steht jetzt auf b4, aber mein Bauer kommt ihm schon entgegen und wieder rufe ich: Schach dem Vater! Doch mit letzter Kraft nimmt er sich meinen Springer und kann sich retten. Ich steh da wie ein begossener Pudel.

Haha!

Was bleibt mir jetzt noch übrig? Nicht viel, nicht viel. Ich hole meinen letzten Springer hervor, aber Vater schickt seinen Läufer auf e7 und will mir an den Kragen. Ich bringe mich aus der Schusslinie. Vater jagt mir mit seinem Läufer nach, scheint wieder völlig auf der Höhe zu sein, aber von wegen! Mein Bauer auf b6 droht mit Matt. Vater flieht auf b5. Mein Springer schnappt sich Vaters Läufer auf d6 und Vater dann meinen letzten Springer auf c6.

Ein einziges Gemetzel!

Wie wahr! Mir droht das Ende. Meine Königin weg, meine Springer weg, nur noch die Türme auf a8 und h8, einen Läufer und acht Bauern. Sollten denn alle meine Opfer umsonst gewesen sein? Mein letzter Läufer rückt vor auf b7, und es ist mein viertes Figurenopfer, das mich vor einem Schachmatt rettet. Denn nähme mir Vater jetzt auch noch meinen Läufer, wäre die Drohung meines Turmes unabwendbar. Vater weicht folglich zurück auf b5, und mein Läufer rückt vor. Vater muss wieder auf seine alte Position, und mein Läufer auf seine, verstehen Sie?

Nein, eigentlich nicht.

Na, es geht also immer hin und her, hin und her, hin und her, und so war sie dann wiedergeboren, einen Tag vor seinem Todestag, die unsterbliche Remispartie. Welche Ironie. Zum Wohl, werte Gäste, rief Ulrich, legte seine Hände auf meine Schultern, beugte sich leicht über mich und nahm schließlich neben mir Platz.

Schweigen.

Ob er sich nicht kürzer hätte fassen können?, fragte Baldur mit bebender Stimme.

Verstohlener Blickwechsel zwischen Anselm und seiner Mutter. Sie wirkten nervös. Vermutlich war ihnen in diesem Moment klar geworden, dass sie von ihren Plätzen aus nur schwer Einfluss auf Ulrich nehmen konnten. Er zu weit weg. Nicht mehr von ihnen flankiert. Außer Kontrolle. Außer Hörweite.

Ulrich stieß mich an, deutete auf Anselm. Ich solle mir doch bitte mal seinen schmallippigen Bruder ansehen. Ob der nicht ein bisschen blass aussehe? Ob er, Ulrich, bei seiner Rede etwa über die Stränge geschlagen habe? Oder ob es der Bruder sei, der wieder einmal übertreibe? Anselm sei nämlich wirklich ein Angsthase, außerdem ein Langweiler, ein Saubermann und obendrein noch überheblich. Spiele sich auf, als wäre er der Ältere, habe ihn, Ulrich, sogar mehrfach ermahnt, er solle sich doch bitte heute benehmen. Be-neh-men. So habe der Bruder es gesagt: Be-neh-men! Als sei er taub oder blöd oder beides. Ulrich lachte auf. Anselms größter Wunsch sei es doch, dass er, Ulrich, an diesem heutigen Tag feh-le. Aber nein, das wolle er der Familie nicht antun, diesen Gefallen wolle er ihnen nicht tun, wenngleich er sich das leere Geschwafel dieses Pfaffen gern erspart hätte. Allerdings: Mit Jesus Christus sei der Vater durch die Taufe verbunden. Mit ihm sei er gestorben. Mit ihm werde er leben. Also, das sei ja doch was, oder? Ulrich griff nach meinem Glas, leerte es und schaute nach oben, durch die Kirschen hindurch in Richtung Himmel. Hörst du Väterchen, alles wird gut, fuhr er fort, mit ihm wirst du leben, musst nicht in der Familiengruft bleiben. Ist doch praktisch, das mit dem Jesus. Und noch einmal: Ist doch praktisch, das mit dem Jesus. Nur wozu dann noch der Mahagoni-Sarg? Oder sei das gar kein Mahagoni gewesen? Na, jedenfalls das auf dem Sarg seien ganz eindeutig Lilien gewesen. Der Geruch sei ihm gleich in die Nase gestiegen und in den Kopf. Ulrich schüttelte sich. Ach, die Staubblätter habe man der Madonna Lily rausgerissen, damit sie nicht alles vollsaue, nicht den heiligen Kirchenboden, nicht den Sarg und schon gar nicht den Vater, auch nicht die Decke oder das Laken. Dieses kleine versaute Stück habe trotzdem gestunken wie die Pest, dass ihm ganz übel geworden sei. Aber sein Vater habe ja nichts mehr riechen können, habe nur noch auf Papier gelächelt, einfach durch die Lily hindurchgeglotzt, als sei er nicht an ihr interessiert. Ja, ja, von wegen! Dieser alte Spargelstecher!

Die Witwe winkte den Kellner heran, flüstere ihm etwas zu, ließ die Gläser der Gäste erneut füllen, sah eine Made vor sich auf dem Tisch, wischte sie weg und blickte auf.

Weder sie noch irgendjemand sonst erwähnte die Maden. Auch dann nicht, als sie bald darauf in den Suppentellern landeten.

Durchhalten. Einfach durchhalten. Viel schlimmer würde es schon nicht werden. Man bewegte den Löffel in einer Bahn von rechts nach links, hob ihn an, besah ihn eine Weile und führte ihn dann zum Mund. Was blieb sonst übrig? Was hätte diesen Leichenschmaus stoppen können? Ein Trommelwirbel vielleicht. Der wäre vermutlich ganz nach Ulrichs Geschmack gewesen.

Ladies and Gentlemen, sehr geehrte Damen und Herren. Hochverehrtes Publikum!, könnte Ulrich rufen. Bitte treten Sie näher und atmen tief durch. Riechen Sie das? Diese Zirkusluft, diesen Hauch Manegenduft? Ich, Ulrich, möchte Sie erneut um ihre ungeteilte Aufmerksamkeit bitten.

Aber ja, natürlich, was gibt es? Wir sind ganz Ohr, könnten die Gäste sagen.

Es geht noch um eine weitere, ganz bestimmte Leidenschaft meines Vaters. Ich deutete es bereits an, aber wurde es verstanden?

Naja, man ahnte, man munkelte, aber Genaues weiß man nicht.

Nun gut, Ladys and Gentlemen, ich denke, dann ist es an der Zeit, die Lade zu öffnen, das Geheimnis zu lüften. *And now, folks, if you'll just step this way, you are about to witness the most amazing, the most astounding living monstrosity of all time.* Bitte begrüßen Sie mit mir zu meiner Rechten den Enkel des Verstorbenen.

Verhaltener Applaus.

Richtig, richtig, ich verstehe schon. Es fehlt noch etwas, fürwahr! Also bitte, der Tusch!

Dann der grelle Aufschrei aus Brownings Freaks. Jemand sinkt ohnmächtig zu Boden.

Auf einem Sockel stehst du, wirst vom Publikum umringt, mit zur Seite geneigten Köpfen glotzt es dich an, raunend. Aha, soso.

Hm, kommt sie uns nicht sogar bekannt vor?
Ja, ja, an irgendwen erinnert sie uns.
Ach, ist das nicht die Zinn?
Wer?
Die Zinn.
Die kleine Zinn? Die aus der Schneiderei?
So lange her.
Zu lange.
Die Sache längst erledigt.
Der Fall abgeschlossen.
Warum jetzt noch daran rühren?
Schlägt nur auf den Magen.
Geschmacklos ist das.
Verdirbt einem den Appetit.

Ob es den Gästen schmecke?, fragte Ulrich.

Und wie! Löffel eintauchen, Bahn ziehen, anheben, ansehen, zum Mund führen und so weiter. Kleine sternförmige Nudeln, Eierstich, Erbsen und Spargel. Zum Schluss den Teller ganz leicht ankippen, mit dem Löffel einen Halbkreis zeichnen, fertig. Köstlich!

# 11

Es folgte der zweite Gang. Und nun der Tusch!, hatte Ulrich lautstark angekündigt, jetzt komme endlich etwas Ordentliches zum Beißen, ein deftiges Mahl!

Ich sah es langsam auf mich zurollen, dieses deftige Mahl. Ein gegrilltes Ferkel. Es lag auf einem Bett aus Salat und grinste den Gästen entgegen. Im Maul ein rotglänzender Apfel. Die Augenhöhlen mit einer weißen Paste gefüllt. Grünes Kraut anstelle der Pupillen.

Der Kellner schob es auf einem Servierwagen vor sich her, stoppte. Der Rasen war zu uneben. Der Kellner versuchte es weiter, aber kam nicht voran. Ein Radieschen rollte davon, fiel zu Boden und verschwand im Gras. Gleich würde der Kellner aufgeben, aber nein, er wechselte die Seite, zog den Wagen, zog das Ferkel hinter sich her. Ja, so ging's.

Ich sah zu Ulrich hinüber. Er strahlte, fragte, ob ihm die Überraschung gelungen sei? Ob uns allen das im Mund zusammengelaufene Wasser etwa die Sprache verschlagen habe?

Aber nein!

Nein, nein!

Alles ganz wunderbar!

Wirklich deftig!

Was ein Tusch!

Immer für einen Schabernack zu haben!

Haha! Die Anwesenden lösten sich aus ihrer Starre, schienen plötzlich ganz aufgeregt. Rutschten mit ihren Hintern auf den Klappstühlen hin und her.

Ich starrte auf die kreuzförmig eingeschnittene Fettschwarte des Tieres, dachte an die kreuzförmig eingeschnittenen Maronen, den schneebedeckten Garten, und dann kam der Koch.

Sieh an, der Koch persönlich!

Er setzte sich seine weiße Mütze auf, nahm das Tranchierbesteck zur Hand und begann das Tier von hinten nach vorn zu zerlegen.

Ein ganzer Fachmann!

Fürwahr!

Ja, gewiss!

Der Schlegel. Wer wolle ein Stück vom Schlegel? Und von der Schulter? Sehr fettarm, sehr schmackhaft. Dann zwei Schnitte rechts und links, immer an der Wirbelsäule entlang. Wer möchte? Sie? Aber gern. Und das Filet? Lieber von den Rippchen? Natürlich, einen Moment bitte.

Ich hörte die Knochen des Ferkels krachen.

Was ich denn von all dem hier halte? Ich sei die ganze Zeit so still. Ob ich nicht auch mal irgendetwas sagen, etwas erzählen wolle?, fragte mich Ulrich.

Ich hatte keine passende Antwort, wusste nicht, was sagen, was erzählen, wollte gar nichts sagen, nichts erzählen.

Er, Ulrich, mache jetzt mal einen Anfang. Er habe es nämlich schon lange gewusst, habe es sehr früh herausgefunden. Ich wusste, wer deine Mutter war, flüsterte er mir zu. Und weiter: Er habe deine Existenz sein ganzes Leben lang zu spüren bekommen. Seine Mutter habe sich ihm gegenüber immer wie eine Hexe verhalten, und der Vater habe sowieso nie viel mit ihm gesprochen, habe seine

Schweigsamkeit mit der Zeit regelrecht kultiviert. Stets und ständig habe er in seiner Sternwarte gehockt, den Mond angestarrt, Planeten gezählt und Gedichte geschrieben. Übrigens seien das gar nicht mal so schlechte Gedichte gewesen. Es gebe da einen schmalen, handgeschriebenen Band vom Vater. Den habe er, Ulrich, als Kind hinter dem Bücherregal gefunden und irgendwann eins und eins zusammengezählt. Er sei nämlich dir gewidmet gewesen. Für Esther Zinn, habe auf der ersten Seite gestanden. Also habe er dich beobachtet, auf dem Pausenhof, durch den Zaun hindurch. Du seist eine Schulklasse über ihm gewesen. Jungen und Mädchen zwar getrennt, aber in einem Gebäude. Vermutlich habest du es als uneheliches Kind nicht eben leicht gehabt in der Schule und auch sonst wo nicht. Bestimmt überhaupt nicht leicht, betonte Ulrich. Man wisse ja, wie die Leute damals so seien. Zerrissen sich das Maul über alles und jeden, am liebsten über die Schwächsten.

Ich muss gestehen, dass ich bis zu diesem Zeitpunkt nie darüber nachgedacht hatte, wie es damals für dich gewesen sein mochte als uneheliches Kind in der Schule, erinnerte mich nur an ein Foto, das du mir einmal zeigtest.

Zwei Torbögen. Darüber die Worte Knaben und Mädchen. Unter dem rechten hattet ihr euch aufgestellt zum Klassenfoto. Unser erster Schultag, steht auf einer kleinen Schiefertafel geschrieben. Ein Mädchen in der ersten Reihe hält sie mit beiden Händen ganz fest umklammert.

Rosa.

Und das daneben? Das bist du, oder?, fragte ich dich.

Ja, das bin ich.

Deine Haare mit Schleifen zu kleinen Affenschaukeln zusammengebunden. Du trägst ein schwarzes, knielanges Kleid und robuste Stiefel. Einer deiner Kniestrümpfe hatte sich nach unten gerollt.

Zieh den anständig hoch, soll der Fotograf zu dir gesagt haben. In strengem Ton.

Du beugst dich mit ausgestreckten Armen nach unten und: Klick.

Das Foto sei damals im Tagesanzeiger erschienen, sagtest du lachend.

Na, sieh mal einer an. Ist das nicht die uneheliche Göre von der Zinn da auf dem Foto?, könnten sich die Leute gefragt haben.

Aber ja! Der Name steht doch gleich darunter.

Natürlich, das ist sie! Tanzt wohl jetzt schon aus der Reihe wie die Mutter.

Ach, die Mutter, das ist doch die aus der Schneiderei, nicht wahr?

Ja, aus der Marktgasse.

Ich sage dir, ich sage dir! Der alte Zinn kam gerade aus dem Krieg zurück, der Kopf noch dran, aber der rechte Arm ab und die Tochter schwanger.

Und man stand ja eh schon da mit nix in der Tasche und nix im Magen.

Und der ohne Arm.

Und die Tochter schwanger.

Ich erinnere mich! Die alte Zinn hat sich geschämt. Hat ihren Kunden gar nicht mehr in die Augen sehen können wegen der Tochter. So war das.

Ich sage dir, ich sage dir!

Wird sich alles auf diese Göre übertragen. Die Lehrerinnen werden noch ein Lied von ihr singen können.

Oh, ja! Einträge ins Klassenbuch wird's geben. Das Verhalten der Mutter mache sich sehr unangenehm am Kind bemerkbar. Nägelkauen, nervöses Augenflattern, so etwas in der Art. Ist ja bei den Unehelichen oft zu sehen.

Ein eigenartiges Kind, sieht man gleich.

Mit ihr wird sich keins der anderen Kinder die Schulbank teilen wollen.

Meins gewiss nicht, dafür werde ich sorgen. Mit so einem Bastard? Wo kämen wir da hin? Kommt nicht in Frage!

Und die ist wirklich vom Hamann?

Man munkelt, man munkelt.

Ähnlich sieht sie ihm ja schon.

Durchaus.

Was der sich bloß dabei gedacht hat? Mit so einer? Nein!

Eine ganz zügellose Person, ohne Anstand und Moral. Hat den Männern immer schöne Augen gemacht.

Hat wohl gedacht, das Kind werde es richten, aber nix war.

Dass deine Mutter ohne Mann dastand, hatte Frau Hamann damals vielleicht noch mit einem kühlen Lächeln quittiert, aber schwanger von ihrem Mann? Nein, das konnte sie unmöglich so einfach hingenommen haben, bestand unverzüglich auf ein eigenes Kind. Am liebsten einen Sohn, ja, den wünschte sie sich und bekam ihn auch.

Und zwar exakt ein Jahr nach Esthers Geburt, sagte Ulrich. Was ein Drama! Das Datum habe die Mutter ihm nie verziehen.

Verrückt sei das doch. Schließlich habe er sich das alles nicht aussuchen können. Ob mir eigentlich das Geburtstagsparadoxon etwas sage?

Nein.

Also gut, ich solle mir einfach ein Fußballspielfeld vorstellen, forderte Ulrich mich auf. Ein Fußballspielfeld mit dreiundzwanzig Personen. Zweimal elf Spieler und ein Schiedsrichter. Verstanden?

Ja.

Nun zur Frage. Wie hoch ist die Wahrscheinlichkeit, dass mindestens zwei der anwesenden Personen am gleichen Tag Geburtstag haben?

Ich schwieg.

Die Wahrscheinlichkeit liege bei mehr als fünfzig Prozent. Das sei ein Ding, nicht wahr? Geburtstagsparadoxon! Unwahrscheinlich, aber wahr. So sei das eben.

Ja, ist denn das die Möglichkeit?, könnten sich die Leute gefragt haben. Erst diese uneheliche Göre und jetzt auch noch das?

Aber, wenn ich's dir sage!

Nicht wahr!

Oh doch! Auf den Tag genau! So wahr ich hier stehe!

Da hat doch der Teufel seine Finger im Spiel gehabt.

Ich sage dir, ich sage dir!

In der Ferne Frau Hamann. Sie kommt mit dem Kinderwagen auf die Leute zu.

Ach, seht! Da drüben ist sie ja.

Na, schau an.

Wie geht es? Wie geht es? So zeigen Sie ihn mal her, den kleinen Fratz.

Ja, holen Sie ihn doch aus seinem Wagen. Bestimmt ganz goldig.

Frau Hamann aber bleibt nicht stehen, sie schiebt den Kinderwagen weiter, schnell an den Frauen vorbei, und die schütteln verwundert die Köpfe.

Was sie nur hat?

Stellt sich an.

Jetzt ist sie verrückt geworden.

Verbittert.

So was!

Erst Anselm habe sie voller Stolz herumgezeigt, sagte Ulrich und rümpfte die Nase. Jahrelang habe er an der Brust der Mutter gehangen, und vom Rockzipfel sei er ihr bis heute nicht gewichen, stecke mit ihr unter einer Decke. Gegen ihn verschworen haben sich die beiden, glaubte Ulrich. Irgendwann sei es ihm dann aber zu viel geworden, und er habe seiner Mutter eine geknallt. Das habe vielleicht gescheppert. Kaum fassen habe sie es können. Zehn sei er da gewesen. Und ab ins Internat mit ihm. Auch nicht schön, auch nicht schön, die Erfahrung. Seither habe er etwas gegen Pfaffen und Nonnen, alles Gesindel! Widerliches Gesindel! Und Vater, der feige Hund? Nichts habe der gemacht, habe sich weiterhin versteckt, hinter dem Mond oder wem auch immer. Sei gar nicht mehr rausgekommen aus seinem Observatorium, der angehende Herr Direktor. Habe nur noch seine Spiegelteleskope poliert.

Warum er eigentlich nie den Mund aufgemacht habe?, will Ulrich ihn am Totenbett schließlich gefragt haben.

Schweigen.

Warum er nie über die Tochter gesprochen habe?

Schweigen.

Ob das nicht besser gewesen wäre?

Schweigen.

Ob er sie je besucht habe?

Schweigen.

Ob er darunter leide?

Schweigen.

Ob er Schmerzen habe?

Schweigen.

Ob er etwa glaube, er werde in seinen geliebten Himmel kommen?

Schweigen.

Ihn solle doch der Teufel holen!

Ja, noch in der Nacht, soll der Vater geantwortet haben.

Frisch aufgeschüttelte Kissen. Es dämmert bereits. Der Vater sitzt in seinem Bett. Ein feuchtes Tuch kühlt seinen müden Kopf. In seiner rechten Hand eine goldene Füllfeder, in der linken einen Briefbogen. Dass ich unglücklich bin, reicht nicht aus, ein Recht auf euer Wohlwollen zu haben, könnte dort gestanden haben.

Dann vielleicht sein letzter Atemzug.

Du habest nicht viele Freunde gehabt, eigentlich nur Rosa, behauptete Ulrich weiter, und in die sei er damals heimlich verliebt gewesen, eigentlich auch in dich, aber das sei ja nicht gegangen. Halbschwester und Halbbruder? Nein. Oder doch? Er dann übrigens mein Viertelonkel. Oder wie sei das? Nähme das mit jeder folgenden Generation ab? Also: Viertel-, Achtel- und so weiter -onkel.

Ich versuchte wegzuhören. Sah dich und Rosa. Ihr beide sechs Jahre alt. Das Foto schwarz-weiß. Ihr steht euch gegenüber, klatscht in die Hände und deine Lippen formen ein O.

*Der Vater fuhr zur See-See.*
*Als Oberkapitän-tän.*
*Er kehrte nie zurück-rück.*
*Das war sein großes Glück-Glück.*
*Denn wenn die Mutter wüsst'-wüsst',*
*dass er die Mädels küsst-küsst,*
*sie schlüge ihn K. O. O.*
*Die Väter sind halt so so.*

Und während ihr euch gegenübersteht, in die Hände klatscht und deine Lippen ein O formen, laufen hinter euch zwei Besatzungssoldaten vorbei. Über deren Köpfen das Schild mit der Aufschrift Schneiderei Zinn. In der Ablage des Schaufensters eine Kleiderpuppe ohne Kleider, ein aufgespießter Torso.

It's our father's birthday, habet ihr die Soldaten immer wieder angeflunkert und dann Schokolade und Kaugummis, manchmal auch Zigaretten geschenkt bekommen.

Take it! It's a present for your father.

Mit den Zigaretten habet ihr nichts anfangen können, lachtest du, aber Kaugummi und Schokolade seien schon was gewesen. Ein richtiger Fang.

Rosa ist wie eine Tante für mich. Ihr habt euch nie aus den Augen verloren, standet euch immer nah. Wen kümmert es, ob du viele Freunde hattest, solange Rosa da war, richtig?

Ulrich erzählte viel, behauptete dieses und jenes, sagte auch, du habest genau gewusst, wer dein Vater gewesen sei. Er, Ulrich, habe zwar nie mit dir persönlich gesprochen, es sich also nie bestätigen lassen, aber er sei sich im Grunde sicher. Schließlich habe er dich ja beobachtet. Einmal habe er sich hinter einem Gebüsch im Park versteckt und gesehen, wie du auf dem Weg zur Schule haltgemacht und gewartet habest, dass der Vater aus der Nachtschicht komme. Aber der habe dich gar nicht beachtet. Sei einfach wortlos an dir vorbeigefahren, habe sogar kräftig in die Pedale getreten, um wegzukommen, der feige Hund, sagte Ulrich. Natürlich habe er nicht alles sehen können, da von seinem Versteck aus, aber es sei naheliegend, dass auch du enttäuscht gewesen sein musstest vom Vater. Er, Ulrich, so voller Verständnis, so voller Mitleid, nur die Anderen ohne Herz, vor allem der Vater. Einmal habe man dich sogar auf dem Gelände des Observatoriums herumlaufen sehen. Die Sekretärin, die schöne Dora, soll dich bemerkt haben, behauptete Ulrich. Sie habe bemerkt, wie du mutterseelenallein da herumgestreift seist. Mutterseelenallein!, betonte Ulrich. Klaas könne das vielleicht bezeugen, er sei doch bestimmt da gewesen. Nicht wahr, Klaas?

Bitte, wie? Er sei was? Nein, er habe nicht. Über die Jahre seien so viele Leute dort gewesen, täglich Besucher im Observatorium, warum auch nicht, interessanter Ort und so weiter.

Die schöne Dora könnte auf einer der Aussichtsplattformen des Observatoriumsgeländes gestanden haben.

Sie steht da, hält Ausschau und erkennt dich gleich, schon aus der Ferne. Sie sieht, wie du die Stufen heraufsteigst, an einem der kleineren Kuppelbauten vorbeigehst und die schwere Tür zum Haupthaus öffnest.

Die schöne Dora huscht durch die sich langsam schließende Tür, schleicht dir auf leisen Sohlen hinterher, den kreisrunden Flur entlang. Hinter jeder Säule macht sie halt, versteckt sich, atmet ein, hält die Luft an und späht ruckartig hervor. Sie sieht, wie du dich immer wieder auf deine Zehenspitzen stellst, Schild für Schild, Name für Name liest. Und dann?

Halt! Die schöne Dora stürzt aus ihrem Versteck, greift dich am Handgelenk, zerrt dich weg, den Flur entlang, aus dem Gebäude heraus, die Stufen herunter bis vor die Tore. Ab nach Hause mit dir, sagt sie. Husch, husch, husch!

Es war nicht abwegig zu denken, dass dein Vater nicht von dir gefunden werden sollte, vor allem nicht dort, auf der Arbeit. Man könnte anschließend sogar von Glück gesprochen haben.

Ja, zum Glück hat die schöne Dora und so weiter. Denn hätte sie die Kleine nicht und so weiter.

Nicht auszudenken.

Nein, nein, der Ruf. Lieber bedeckt halten, könnte Kollege Klaas gefunden haben. Anton will doch eines Tages zum Direktor gewählt werden, oder etwa nicht? Da macht sich so etwas aber schlecht.

So etwas, also du, die uneheliche Tochter, die machte sich vielleicht schlecht.

Mir gegenüber Pluck und Klaas. Pluck lächelte mir zu, zuckte mit den Schultern, und Klaas sah an mir vorbei, starrte ins Leere.

Nicht auszumachen, was an Ulrichs Erzählungen dran war, was stimmte, was reine Vermutung, Phantasie oder schlichtweg gelogen war.

Dass du auf deinen Vater gewartet, ihn abgepasst und sogar nach ihm gesucht hattest, schien mir zwar nicht vollkommen unmöglich, aber gemessen an deinen Erzählungen und deiner Haltung eher unwahrscheinlich. Allerdings schien mir auch die Tatsache, dass Ulrich exakt ein Jahr nach dir geboren war, unwahrscheinlich – aller Mathematik zum Trotz. Ich war also irritiert, aber anmerken lassen wollte ich mir nichts, sah nach links, nach rechts, gab vor, mich für das Essen zu interessieren.

Die meisten Teller waren bereits gefüllt. Von dem Ferkel auf seinem Salatbett war nicht mehr viel übrig. Allein der grinsende Kopf war ganz geblieben, glotzte mich durch weiße Paste und Petersilie hindurch unverhohlen an.

Der Koch wetzte sein Messer, empfahl mir die Bäckchen. Sehr schmackhaft diese Bäckchen, sagte er und setzte zum Schnitt an.

Ulrich hielt ihn davon ab, bestand zuerst auf ein Selfie. Er, der Koch, der Ferkelkopf und ich. Das sei doch ein Wahnsinnsmotiv, sagte er.

Aber ob mit oder ohne Koch, mit oder ohne Ferkelkopf, mit oder ohne Ulrich, es kam überhaupt nicht in Frage, sich von ihm oder irgendjemandem dieser Gesellschaft fotografieren zu lassen. Natürlich sagte ich das nicht. Ich sagte: Nicht jetzt, nicht der richtige Zeitpunkt, später, das Essen werde kalt und so weiter.

Papperlapapp, sagte Ulrich. Ich solle mich nicht so anstellen. Außerdem habe er längst ein Foto von mir gemacht. Mit dem Handy. Ob mich das etwa störe? Ob er es löschen solle? Das könne er natürlich machen, gleich hier und jetzt, ich brauche es nur zu sagen. Aber ob ich es mir nicht wenigstens vorher ansehen möchte, es sei nämlich durchaus gelungen, das Foto.

Im Vordergrund, leicht unscharf, eine schwarze Schulterpartie, ein rüschenartiger Stehkragen, ein grauer Haarknoten. Das Gesicht der Witwe ins Bildinnere gewendet.

Der Blick streift über das offene Grab, über efeuumrankte Grabsteine und moosige Kreuze, über die Skulptur eines schlafenden Löwen, bis in den Schatten hinein, zu der Silhouette einer Person, zu mir. Im Hintergrund zwar, aber im Fokus.

Unheimlich, könnte man finden.

Ja, unheimlich, geradezu geisterhaft. Wer das denn sei? Etwa die Seele des Verstorbenen? Oder ein ungebetener Gast?

Gut möglich.

Sie, die Witwe, habe mich vorhin gar nicht am Grab gesehen, habe mich vermutlich übersehen, hatte sie gesagt.

Vermutlich, nicht bestimmt, nicht sicher, nur vermutlich.

Ich löschte das Bild und gab Ulrich das Handy zurück.

Was ist denn nun, mein Herr? Nehmen Sie die Bäckchen? Der Koch wurde ungeduldig, ließ nicht locker. Er spießte die Bäckchen kurzerhand auf und legte sie auf meinen Teller. Wohl bekomm's. Lassen Sie es sich schmecken. Ob denn nun alle bedient seien?, fragte er in die Runde. Ein paar Rippchen seien noch übrig. Niemand?

Ich schwieg. Ich war bedient, sah zur Witwe hinüber. Guten Appetit, sagte sie und legte sich die weiße Stoffserviette auf den Schoß.

Der Koch zog die Mütze, verbeugte sich und ging. Im Vorbeigehen griff er nach den übriggebliebenen Rippchen.

Um mich herum leises Schmatzen. Immer wieder fiel der Name des Verstorbenen. Über ihn vermutlich nichts Schlechtes.

Pluck stieß Klaas mit dem Ellenbogen in die Seite und räusperte sich. Ob ich eigentlich hier geboren sei?, wollte er wissen und zeigte mit seiner Gabel auf mich.

Ich: Nein.

Pluck: Und die Mutter?

Ich: Ja.

Pluck: Edith?

Ich: Esther.

Pluck: Ach ja, richtig. Wann geboren?

Ich: Neunzehnhundertsechsundvierzig.

Pluck: Laut Ulrich am vierundzwanzigsten Oktober neunzehnhundertsechsundvierzig. Ob Klaas das nicht interessant finde?

Leichte Röte auf Klaas' Wange: Er erinnere sich lediglich daran, dass an diesem Tag die Erde erstmals vom All aus fotografiert worden sei. Von den Amerikanern. In New Mexico. Ja, in New Mexiko sei das gewesen. Die Aufnahmen seien allerdings verschwunden. Folglich gebe es auch keine Beweise. So sei das eben manchmal.

Ich: Verstehe.

Ohne Beweise kein Fall, könnte Klaas gedacht haben, und Schluss. Er führte die Gabel zum Mund und kaute kräftig. Der Mund voll, zu voll, um zu sprechen. Gehört sich nicht.

Pluck schob seinen Teller zur Seite. Vielleicht erbost oder genervt oder angewidert, vielleicht wegen Klaas. Wer weiß. Die beiden schienen ihre ganz eigene Fehde auszufechten. Pluck und Klaas, zwei Rivalen im Streit um die Frage, wer der wahre Freund des Herrn Hamann war. Und Ulrich? Er wollte dich offenbar gegen den Rest der Familie ins Feld führen. Um dich ging es nur in zweiter oder dritter oder vierter Linie. Du warst lediglich Mittel zum Zweck, Mittel zu verschiedenen Zwecken. Allerdings war ich es mittlerweile leid, ständig darüber nachzudenken, weshalb wer wann was erzählte, erfand oder verschwieg. Insofern wollte ich auch keine weiteren Geschichten mehr hören, von niemandem an diesem Tisch, am wenigsten von Ulrich, doch der reckte schon wieder seinen Zeigefinger in die Luft. Ein letztes Mal würde er seinen Zeigefinger in die Luft recken.

Vielleicht sei das nicht wichtig, sagte er an Pluck und Klaas gerichtet, aber er glaube, die Geschichte im Observatorium habe sich kurz nach dem Verschwinden der Geliebten seines Vaters ereignet. Irgendwann im Winter solle das gewesen sein, kurz bevor er, Ulrich, ins Internat gekommen sei. Er also zehn. Es habe geheißen, man habe die Frau am Bahnsteig gesehen. Mit einem kleinen Koffer in der Hand und ohne Kind. So habe man es sich doch erzählt, oder? Ob sich jemand erinnere? Klaas? Pluck? Niemand?

Ich wusste nichts von einem Verschwinden deiner Mutter, hatte keine Ahnung, wovon Ulrich da sprach. Ich sah nicht auf, legte einfach nur das Besteck zur Seite und versuchte ruhig zu bleiben.

Warte nicht auf mich, ich gehe aus, könnte deine Mutter zu dir gesagt haben. Es schneit. Weiße Flecken tanzen vor den Augen der Mutter, als sie in den Zug steigt und an wen denkt?

Der Schaffner reißt sie aus ihren Gedanken, die niemand kennt. Sie gibt ihm den Fahrschein.

Er: Junge Dame, Sie sind ganz blass, ist Ihnen nicht wohl?

Sie: Es friert mich nur ein wenig.

Er: Ja, der Schnee, der verdammte Schnee.

Du: So weiß, so weiß wie der Mond. Deine Augen leuchtend vor Begeisterung und alles wieder auf Anfang.

Deine Mutter, ihr glänzendes Haar, dein Vater, der Anzug, der Hut, Chaplin, klappernde Absätze auf Kopfsteinpflaster, du und das feine Nachthemd, der Tanz im Schnee, im Mondschein, barfuß. Dann dein Lächeln, als du davon erzähltest, du, plötzlich ganz jung. Das Licht gedimmt, die Vorhänge aufgezogen. Ein Jahr, sechs Monate und ein Tag. Im Hintergrund ein Sternschnuppenschwarm, silberne Pfeile, irgendwann nur noch Bildrauschen und in der Ferne ein Kauen und Schmatzen.

Ob man mich für einen Moment entschuldige?

Aber natürlich. Pluck und Klaas. Der eine vielleicht besorgt, der andere vielleicht beruhigt. Egal.

Ulrich stützte sein Kinn auf Zeigefinger und Daumen, musterte mich. Ob alles in Ordnung sei, wollte er wissen. Ich sähe etwas müde aus, könne mich gern ein wenig in mein Zimmer legen, mich ausruhen. Anstrengende Fahrt, das Gerede des Pfaffen, das deftige Essen und so weiter. Er könne mir auch noch später das Arbeitszimmer seines Vaters zeigen und das Manuskript. Ein wenig mit mir darüber plaudern. Dazu ein schönes Digestifchen. Zur Verdauung und so weiter.

Niemals, dachte ich.

# 12

Ich stand im Flur, hob eines der schwarzen Tücher an und sah mir ins Gesicht.

Mich gehe das im Grunde auch nichts an. Also emotional, emotional gehe es mich nichts an, es berühre, es betreffe mich nicht, hatte Ulrich gesagt, und nicht mehr aufgehört mit seinen Andeutungen, seinen mitleidheischenden Geschichten, seinen Hypothesen über dich. Natürlich war es mir selbst überlassen, ob ich Ulrich Glauben schenken wollte, und natürlich wollte ich nicht, hoffte, wünschte mir, dass nichts von alldem stimmte. An Mitleid war dir nie gelegen, also ließ ich es auch nicht zu, ließ das Tuch wieder fallen.

Wäre man mir so im Flur herumstehend begegnet und hätte sich erkundigt, wonach ich suche, ich hätte es nicht gewusst, hätte vermutlich einfach behauptet, ich suche das Gästebad.

Ich ging den Flur entlang, glaubte für einen kurzen Moment wieder in der Kirche zu stehen. Vor mir der Sarg, die Kränze, der größte aller Kränze. Meinem geliebten Ehemann und unserem geliebten Vater zum Abschied.

Hinter der ersten Tür das Gästebad. Ich wusch mir die Hände, sah zu, wie der Seifenschaum sich grau einfärbte und im Abfluss verschwand. Und dann? Etwa wieder zurück in den Garten? Nein.

Ob ich vielleicht nach etwas Bestimmtem suche?, würde man mich fragen.

Nein, nach nichts Bestimmtem.

Wie Sie meinen.

Weiter geradeaus, die zweite Tür verschlossen, die dritte offen. Ich erkannte sie gleich wieder, die Wand aus Büchern. Und auf einem schmalen Tisch am Fenster ein Stapel bedrucktes Papier. Vermutlich das Manuskript.

Ich zog den Stuhl vor und setzte mich, hörte die Stimmen der Gäste, konnte sie sehen, die Gäste mit ihren Stimmen, von dort aus, durch das Fenster.

Jemand rief den Namen der Witwe, als ich den Papierstapel zu mir heranzog und die erste Seite umblätterte.

Wieder dieses Lächeln in Schwarz-Weiß. Wieder diese Wand aus Büchern. Aber offensichtlich hatte jemand das Mobiliar verrückt, denn vor dem Regal befand sich keine Sitzgelegenheit, obwohl dein Vater doch eindeutig dort gesessen hatte, vor dieser Wand aus Büchern.

Vielleicht hatte der Fotograf den Stuhl einfach vor das Bücherregal geschoben.

Warten Sie. So, hier ist es doch gleich viel besser. Bitte sehr, Herr Hamann, nehmen Sie Platz. Perfekt! Und nun lächeln. Danke, das war's schon.

Wenn man wusste, dass dieses Bild eine Inszenierung war, dann sah es auch wie eine aus. Wie der missglückte Versuch, glaubhaft zu machen, dass dein Vater in ganz gewohnter Manier vor seinem Bücherregal gesessen und milde gelächelt hatte. Wie der missglückte Versuch, wahr zu sein. Durch und durch missglückt wegen eines einzigen Stuhls, der an eine Stelle gerückt worden war, an der er ursprünglich nicht gestanden, an der er rein gar nichts zu suchen hatte.

Neben dem Manuskript lag die Fotokopie eines anderen Bildes. Darauf nur merkwürdige Formen, abstrakte Figuren.

Titelblatt für Zusatzkapitel?, fragte eine krakelige Handschrift am Rand des Bildes. Auf der Rückseite der Fotokopie ein Text, offenbar eine Interpretation, ebenfalls handgeschrieben: Sie, die Göttin, die Jungfrau, die Geliebte, ist Schwebende und Erhängte zugleich. Unter ihr nichtsahnend versammelt ein Priester, eine Nonne, eine Hebamme, ein Internatsdirektor, ein Gendarm, ein Postbote. Schneiderpuppen, Schachfiguren.

In sicherer Entfernung der Herr in feinem Zwirn. Er versteckt sich und sein hauchdünnes Teleskop, lauert hinter einem rostigen Schienengleiter und einer Armillarsphäre hervor. Über ihm hängt, wie Damokles' Schwert, die Mondsichel. Doch der Herr kann nicht anders, kann es nicht halten. Sein Leuchtgas strömt bereits aus seinem Teleskop, wirbelt zu unsichtbaren Pailletten gefroren durch die Luft, wird von trichterförmigen Sieben aufgefangen und bis zur Orientierungslosigkeit gefiltert. Es wechselt seinen Aggregatzustand, verwandelt sich zu einer zähen Masse und gleitet über eine spiralförmige Rutschbahn nach unten, fällt als flüssiges Element zu Boden. Nicht versiegen will sein Drang, nach oben zu steigen, zur Göttin, zur Jungfrau, zur Geliebten vorzudringen. Dann ein kleiner, letzter Impuls. Eine Explosion folgt und Liebesfunken sprühen.

Nebenan quietscht der Schienengleiter unbehelligt weiter, gleitet hin und her, hin und her. Die Metallringe der Armillarsphäre drehen durch. Nur der größte aller Ringe kommt zum Stehen, zeigt das Sternbild des Skorpions.

Die Göttin, die Jungfrau, die Geliebte steckt ihren Kopf in die Milchstraße und betrachtet lächelnd das Rückgrat der Nacht. Aus Milliarden Sternen wird sie sich und ihrem ungeborenen Kind eine prächtige Aureole formen. Der Dachsmond, der Zehnte des Jahres, der heilige Monat ist angebrochen, und die ersten Schneeflocken fallen bereits, als der Herr im feinen Zwirn im Erdschatten des Mondes verschwindet.

In der Nachbargalaxie ein Okular. Es reist durch Raum und Zeit, rückt näher, treibt langsam durch den Andromedanebel und lässt sein strahlenförmiges Auge über die Szene kreisen. Es wird sehen, kombinieren, erkennen und berichten über zerflossene Perlen und Wolkentränen, über Morgenröte und Blütentaumel, Mondenschein und Feuersmähnen.

Ich ging davon aus, dass Ulrich diesen Text geschrieben, dem Bild diese Geschichte zugewiesen hatte. Insofern ging ich auch davon aus, dass er sich als das Okular verstand, das über die Szene kreiste, um zu sehen, zu kombinieren, zu erkennen. Um zu berichten über den Vater, die Geliebte, über die Dinge, die passiert waren und dich, die du ebenfalls passiert warst.

Widerwillig blätterte ich durch das Manuskript. Ich sah Randnotizen, Kapitelüberschriften, Text, Wörter und Namen, die hinter Jahreszahlen und Doppelpunkten klebten. Ich sah Sternkarten und Fotos.

Ein Foto von deinem Vater in schwarzem Anzug und Hut.

Ein Foto von deinem Vater vor dem Observatorium.

Ein Foto von Klaas beim Pflanzen einer Zeder.

Ein Foto von Klaas und deinem Vater neben der eingepflanzten Zeder.

Ein Foto von einer Steintafel, einer Bodenplatte.

Ein Foto vom Mond und der Rückseite des Mondes.

Ein Foto der Erde aus dem All.

Ein Foto des Sternenhimmels.

Ein Foto von Dächern einer Stadt.

Ein Foto von einem Satelliten.

Fotos von mehreren Satelliten.

Fotos von mehreren Teleskopen, Spiegel- und Linsenteleskopen, kleinen und großen.

Auf der letzten Seite schließlich die Überschrift: Stätten nie genannt – Esther Zinn. Darunter die von Ulrich bereits mit ausgebreiteten Armen vorgetragene Strophe aus Baudelaires Danse macabre. Du erinnerst dich?

*Spross der Schmach und grünohriger Junge*
*Verhärmtes Korsett und Mutters hechelnder Fant.*
*Des Weltalls Totentanz mit letztem, ächzendem Schwunge*
*Er reißt euch hinweg in Stätten nie genannt.*

Und weiter:

*Zu Tisch am Felsenstrand mit meterhohen Wellen*
*Spreizt ihr den kleinen Finger ab und ahnt doch nicht*
*Dass das Gewölk schon klafft, dass die Posaunen gellen*
*Und einer wird euch rufen zum letzten Gericht.*

Da war es also, das Zusatzkapitel, in dem Ulrich mit seiner Familie abrechnen wollte. Doch noch war das Kapitel kaum mehr als ein weißes Blatt Papier. Die angekündigten Posaunen stumm, die Stätte leer.

Vermutlich hoffte Ulrich, ich würde ihm im Verlauf des Tages noch von dir berichten, etwa bei einem Digestifchen. Vermutlich hatte er angenommen, ich sei gesprächiger.

Ob ich nicht auch mal irgendetwas sagen, etwas erzählen wolle?

Nein.

Ich stand auf, schritt langsam die Regalwand ab, folgte den Buchstaben A, B, C und so weiter.

Searching the Heavens on Earth. Gedicht an den Mond – für Esther Zinn. Sterne & Götter. Antike Sternsagen – Antike Astronomie. Sieg über den Raum. 95 astronomische Observatorien aus aller Welt. Die gesamte Entzückung Schillers an Laura. Atlas of the Far Side of the Moon. Auf der Suche nach der verlorenen Zeit. Frühste Sternkarten. Photographien des Sternenhimmels. Die Milchstraße und der kosmische Nebel. Diorama: Erfindung einer Illusion. Die ersten drei Minuten oder der Ursprung des Universums. Sternbilder des Tierkreises. Die Oort'sche Wolke, das unbekannte Wesen. Der Mensch im Weltall. Das Fernrohr als unsichtbares Organ.

Titel, die mir in Erinnerung geblieben sind. Bücher, hinter deren Buchrücken kleine schmale Zettel als Markierung hervorgeguckt hatten. Hineingelegt von irgendwem, deinem Vater vielleicht. Bücher, die ich deshalb aus dem Regal genommen und in denen ich gelesen hatte.

Nach dem Z folgte eine Tür. Sie war angelehnt. Es brauchte nur einen leichten Stoß, und sie war offen, führte in ein kleines Zimmer mit seidig schimmernder Tapete und weichem Teppich. Lautlos gab er nach, und es war, als hätte dein Vater im Vorbeigehen meine Schulter gestreift, säße plötzlich da, im Zwielicht, hinter seinem Schreibtisch aus Mahagoni.

Feine Leisten umrunden ihn und deinen Vater. Er ganz in weiß. Weißes Hemd, weiße Hose, weiße Schuhe.

In der Nähe auf einer Bank in der Fensternische du in einem schwarzen, knielangen Kleid. Deine Haare sind mit zwei Schleifen zu kleinen Affenschaukeln zusammengebunden. Mit einer Schere schneidest du Muster in ein mehrfach zusammengefaltetes Stück Papier und ziehst es dann wie eine Girlande auseinander.

Scharfkantige Schatten legen sich auf den Teppichboden. Kleinste Staubkörner tanzten im Licht, schwebten über die Tischplatte aus Mahagoni, über eine goldene Füllfeder, verfingen sich in den scharfkantigen Mustern der weißen Spitzengardine. Ich schob sie zur Seite, sah wieder Gattin, Schwager, Söhne, Freunde und Kollegen, alle im Garten, alle hinter Glas. Sollten sie ruhig näher rücken, immer näher und näher, bis sie dastünden mit weit aufgerissenen Augen und plattgeweißten Nasen, ganz dicht hinter Glas.

Was der da drin wohl treibt?, würden sie sich dann vermutlich fragen, und ich könnte sie Zeugen verborgener Szenen werden lassen. Vielleicht wahrer oder wahrscheinlicher oder möglicher Szenen. Von mir erdacht. Dir zuliebe. Also los, ihr da draußen, seht und hört genau hin! Hört ihr das? Das leise Klopfen an der Tür?

Hinter seinem Schreibtisch aus Mahagoni der Vater. Er horcht auf. Herein, sagt er.

Zwei Lehrerinnen betreten das kleine Arbeitszimmer, zeigen mit ihren langen Linealen an dem Vater vorbei, hin zur dir, der Tochter. Sehen Sie nur, wie talentiert und hübsch sie ist, sagen die Lehrerinnen. Er dürfe wirklich stolz sein. Nicht jeder habe so eine Tochter. Davon können sie ein Lied singen. Hier im Klassenbuch sei alles vermerkt. Sie schlagen es auf, halten es dem Vater hin.

Der Vater schaut hinein. Ein Diorama, ruft er und ist entzückt. Eine Kulisse entfaltet sich, ein neuer Raum, darin du.

Das Klassenzimmer: Du wirst aufgerufen, stehst auf. Einer deiner Kniestrümpfe ist nach unten gerollt, aber es kümmert niemanden. Du sprichst. Kein nervöses Augenflattern, kein Nägelkauen.

Der Lehrer nickt. Du darfst dich wieder setzen. Ich notiere es gleich, sagt er, schreibe ein Plus hinter deinen Namen. Esther Zinn: +.

Der Vater lehnt sich zurück, lächelt milde.

Ich, Esther Zinn, bin gern zur Schule gegangen, von Anfang an.

Die Gesichter der Hamanns ganz blass, ganz weiß, so weiß wie ihre Nasenspitzen. Was für Szenen spielen sich denn da ab? Sind die echt, tatsächlich so passiert? Wir wissen gar nichts davon.

Vermutlich hatten sie sich nie gefragt, was alles passiert sein könnte, damals, hinter ihrem Rücken. Sie hatten zwar gewusst, dass der Ehemann, Vater, Freund und Kollege seine Nächte im Observatorium verbrachte, sich zurückzog und Planeten zählte, aber ihnen wäre bestimmt nicht in den Sinn gekommen, dass er seine Tochter morgens nach Schichtende das letzte Stück zur Schule begleitet haben könnte.

Wie bitte, was? Nein, das ist uns wirklich nicht in den Sinn gekommen. Das ist ja vollkommen unwahrscheinlich!, rufen sie.

Unwahrscheinlich, aber wahr! Der Vater begleite die Tochter wirklich fast jeden Morgen zur Schule. Überzeugen Sie sich doch selbst, sagen die zwei Lehrerinnen und richten ihre Lineale neu aus.

Das Observatorium: Der Vater kommt aus dem Haupthaus, steigt die vielen Stufen herab, besteigt sein Rad, fährt vom Gelände, fährt durch das Tor, weiter den Hügel herunter, durch das Tal in Richtung Park. Und da stehst du.

Der Vater kommt auf dich zu und hebt lächelnd die Hand. Der Vorderreifen gerät ins Schlenkern. Aber der Vater lenkt mit links dagegen an, tritt kräftig in die Pedale. Da bin ich, sagt er und bremst. Staub wirbelt auf, und ihr seid nicht mehr zu sehen.

Ich, Esther Zinn, fand das lustig anzusehen. Er erinnerte mich an Chaplin.

Selbst die Lehrerinnen müssen lachen.

Holt er die Tochter etwa nachmittags auch wieder ab?, fragen die Hamanns und ihre Gäste.

Natürlich, natürlich, manchmal geht er mit ihr ins Kino, in die Nachmittagsvorstellung, antworten die Lehrerinnen.

Ins Kino?

Ja, ich, Esther Zinn, liebte das Kino schon als Kind. Ich war nicht wählerisch, sah mir an, was gerade lief. Mit fünf habe ich sogar mal den nackten Busen von Hildegard Knef gesehen. Ein Versehen. Ein Skandal, ein Schlag gegen die Ehre, die anständigen Frauen und Mütter, hatten die Leute über den Film gesagt und waren trotzdem in Scharen ins Kino gerannt.

Bei diesem Tumult hätte also leicht übersehen werden können, wie ein Vater seine Tochter an der Kasse vorbei ins Kino geschmuggelt hatte.

Das Kino: Du und der Vater, ihr versinkt fast in den weichen Polstern der Kinosessel. Über euren Köpfen ein flackernder Lichtstrahl.

Mehr als eine Stunde vergeht, bis auf der Leinwand Knefs nackter Busen auftaucht, für fünf Sekunden.

Du kicherst, hast den Mund voller Popcorn und Limonade.

Wollen wir nachher noch ein paar Maronen essen, fragt der Vater, um dich abzulenken.

Nein, sagst du.

Natürlich willst du keine Maronen essen. Es musste eine andere Geschichte her. Ihr könntet später das Kino verlassen und durch einen Winterabend spazieren, auf schneebedeckten, menschenleeren Straßen.

Würde dir das gefallen?, fragt der Vater.

Die Augen der Zuschauer voller Zweifel.

Aber wart ihr denn dabei gewesen?, könnte ich sie fragen.

Nein. Gesenkte Köpfe auf schwarzen Schultern.

Also dann!

Der Spaziergang: Über euch Sputnik. Er ist euer Zeuge, beobachtet euch während seines freien Falls um die Erde. Er kann sehen, wie der Vater in den Himmel an den Schneeflocken vorbei in seine Richtung zeigt, kann auch hören, was der Vater erzählt.

Vierundachtzig Kilogramm Gewicht. Achtundfünfzig Zentimeter Durchmesser. Von außen eine Kugel aus Aluminium, von innen ein schwaches Kurzwellenpiepen. Hör mal. Es klingt wie das Zirpen einer Grille, sagt der Vater.

Katzenaugen leuchten aus den dunklen Seitengassen hervor. Bald wird das Geräusch verstummen, aber nicht der Vater. Er erzählt von Kudrjawka.

Kudrjawka?, fragst du.

Das ist Russisch und bedeutet Löckchen. Löckchen ist das erste Lebewesen, das ins All geschickt wurde. Eine Hündin. Ein richtiger Star, sagt der Vater.

Ganz in eurer Nähe, im Lichtkegel einer Laterne, ein Mann. Er steht auf einer Leiter und streicht mit der flachen Hand einen feuchten Papierbogen auseinander, sieht ihn sich kurz an, klappt dann die Leiter zusammen und geht.

Auf dem Plakat Löckchen. Sie sitzt in der Raumkapsel und hechelt.

Die Amerikaner nennen sie Curly, die Deutschen Laika, sagt der Vater, nimmt dich an die Hand, und gemeinsam spaziert ihr weiter, lauft die verschneite Straße hoch, werdet kleiner und kleiner.

Der Mond steht tief in dieser Nacht.

Ja, ich, Esther Zinn, entsinne mich. Der Schnee so weiß, so weiß wie der Mond. Ich war elf Jahre alt.

Zwei Jahre später. Ein neues Bild: Ein Satellitenfoto von der Erde. Aus fünfunddreißigtausend Kilometern Entfernung aufgenommen. Pixel für Pixel, Zeile für Zeile baut es sich auf, an der Zimmerwand, an der schimmernden Tapete baut es sich auf, zeigt, wie der Vater einen Vortrag hält.

Ein Satellit hat tausende Bildpunkte zum Beweis gefunkt. Zu sehen sind zwar nur helle Schlieren auf schwarzem Grund, doch irgendwo jenseits des Bildrandes, unter einer der Kuppeln des Observatoriums, im Publikum, du. Du sitzt in einer der hinteren Reihen. Hände sind zum Applaus in die Luft gehoben, bleiben unbewegt, nur die deinen nicht. Du klatschst, und der Vater zwinkert dir zu. Dann setzt sich die Welt wieder in Bewegung, dreht sich weiter um sich selbst, um die Sonne. Der Mond folgt der Erde wie ein treuer Hund.

Der Mondrücken: Lichtblitze, so gerade wie Rasierklingenschnitte, huschen über die Zimmerdecke, über den Himmel, zeichnen dem Mond feine weiße Linien auf den Rücken.

Guck mal, sagt der Vater, der Mond hat sich für uns umgedreht, offenbart uns sein dunkelstes Geheimnis.

Sieht er nicht aus wie immer?, fragst du.

Aber, nein, fühl doch, sein Rücken ist viel glatter.

Vorsichtig streckst du deine Hand aus. Ja, stimmt, sagst du und streichst sanft über die kreisrunde Tiefebene des Mare Moskwa.

Vierzig Minuten schwebt eine Mondsonde über euch. Um vier Uhr morgens verschickt sie schließlich ihre Aufnahmen per Funk. Auf siebzehn von neunundzwanzig Bildern seid ihr zu sehen. Vater und Tochter auf der Rückseite des Mondes. Kurze Zeit später taucht ihr auf allen Titelseiten der Welt auf.

Extrablatt! Extrablatt! Sensationelle Aufnahmen! Nicht verpassen!, brüllt ein Junge unter seiner grauen Schiebermütze hervor.

Was? Wo denn? Wo? Wir sehen die beiden nicht. Sind sie etwa da oben auf dem Mond? Die Hamanns und ihre Gäste drücken sich und ihre Nasen noch fester gegen die Fensterscheibe. Aus weiter Ferne hören sie Laikas Knurren. Das Knurren geht in wildes Gebell über.

Erschrocken weichen die Zuschauer zurück. Schon gut, sagen sie, wir sind still, geben von nun an keinen Mucks mehr von uns.

Laika macht kehrt, läuft schwanzwedelnd auf dich zu, leckt dir die Hände.

Sie scheint dich zu mögen, sagt der Vater.

Ich, Esther Zinn, habe meinem Sohn einen Hund geschenkt. Zu seinem zwölften Geburtstag. Es war eine Hündin. Er hat sie Löckchen genannt.

Dann ein kosmisches Rauschen und Strahlen hinter dem Mond: Elektromagnetische Wellen. Sie kommen aus allen Richtungen des Raums auf euch zu, erzählen euch von den ersten drei Minuten, vom Ursprung des Universums, von Materie, Raum und Zeit.

Sie sind das Nachglühen des Urknalls und das Älteste, was der Mensch je gesehen hat, sagt der Vater.

Wie alt sind sie denn?

Dreizehn Komma sieben Milliarden Jahre.

Ich, Esther Zinn, war zu diesem Zeitpunkt achtzehn Komma zwei Jahre alt.

Vier Jahre später. Es ist Weihnachten: Astronauten kreuzen euren Weg. Oh mein Gott, rufen sie, seht euch dieses Bild an!

Wovon sprechen sie?, fragst du.

Sieh nur, die Erde geht gerade auf, sagt der Vater.

Die Astronauten, du und der Vater starren wie gebannt auf die kleine blaue Kugel, die halb im Schatten hinter dem Horizont des grauen Mondes auftaucht.

Milliarden Menschen sitzen derweil vor ihren Radios, lauschen den Worten der Astronauten und träumen davon, endlich auf dem Mond zu landen.

Es wird Sommer und tatsächlich: Füße im aufwirbelnden Mondstaub. Du wischst ihn dir aus den Augen, liest des Vaters Gedichte über zerflossene Perlen und Wolkentränen, über Morgenröte und Blütentaumel, Mondenschein und Feuersmähnen.

Nebel schwimmt mit Silberschauer
ist Himmel und Erde
in aller Stille
Traumgestalten
Feuersmähnen
Wolkentränen
wuchsen und blühten
nachtwärts
zwischen leeren Zeilen
immer weiter
durch die Straßen
Sterne kosten
Blütentaumel
weil
ja
weil
.

Für Esther Zinn, steht auf der ersten Seite geschrieben.

Für dich, sagt der Vater.

Ich, Esther Zinn, war zweiundzwanzig Jahre alt, als der erste Mensch den Mond betrat. Ich konnte nicht schlafen in jener Nacht, habe zum Fenster hinausgesehen.

Welche Weiten und Tiefen und Höhen. Welche Leere ertränkt das All, könnte der Vater sagen. Zusammen lehnt ihr euch aus dem Fenster, schwebt schon über den Dächern der Stadt, über den Wolken, über Mars und Jupiter. Ihr durchquert den Asteroidengürtel, die Bahn von Saturn, Uranus, Neptun und Pluto. Ihr durchquert auch Sednas Orbit, fliegt hinein in die Oort'sche Wolke. Ihr umgeben von zahllosen Kometen. Von niemandem je gesehen, auch nie bewiesen, nur Hypothese, und doch seid ihr da.

Der Vater wirft einen Blick zurück. Kannst du dir vorstellen, dass manches Sternenlicht, das du heute siehst, schon vor Millionen von Jahren ausgegangen ist?

Ja, antwortest du, und weißt, woran der Vater gerade denkt.

Genau dreiundzwanzig Jahre und sechs Monate zuvor: Ein Geräusch. Ein Rascheln. Ein Knistern. Es löst sich los, durchdringt die Ionosphäre, fliegt durch den interplanetaren Raum bis hin zum Mond und wieder zurück. Erde – Mond – Erde. EME. Moonbounce. Dreihundertvierundachtzigtausendvierhundert Kilometer hin und dreihundertvierundachtzigtausendvierhundert Kilometer zurück. Insgesamt siebenhundertachtundsechzigtausendachthundert Kilometer in nur zweieinhalb Sekunden. Dann das Echo: Ein Rascheln. Ein Knistern. Daunendecke und Plattenspieler. Ein Lied ertönt, aber dieses Lied hat keinen Text. Es braucht auch keinen Text. Kein Wort kommt darin vor und doch und doch und doch, küsst er sie noch und noch und noch. Er, der Galan küsst seine Geliebte.

*Und wenn dann, wie gehoben aus den Achsen*
*Zwei Gestirn, in Körper Körper wachsen,*
*Mund an Mund gewurzelt brennt,*

*Wollustfunken aus den Augen regnen,*
*Seelen wie entbunden sich begegnen*
*In des Athems Flammenwind, –*
*Qualentzücken – Paradiesesschmerzen! –*
*Eine Pause droht hier den Sinnen*
*Schwarzes Dunkel jagt den Tag von hinnen,*
*Nacht verschlingt den Quell des Lichts –*
*Leises.. Murmeln ... dumpfer ... hin ... verloren..*
*Stirbt ... allmählich ... in den trunknen ... Ohren ...*
*Und die Welt ist ... Nichts ...*

Schattenrisse an allen vier Wänden. Stürmische Küsse im Mondenschein. Orpheus' Saitenruf ertönt und neun Monate später umarmt der Skorpion ganz zahm den Mond.

Ich, Esther Zinn, Tochter von Diane Zinn und Anton Hamann, kam am Abend des vierundzwanzigsten Oktobers neunzehnhundertsechsundvierzig zur Welt. Es schneite, aber von einem Raketenflug in der Wüste Mexikos weiß ich nichts.

Tief und fest schläfst du an der Brust der Mutter. Über euch eine prächtige Aureole, geformt aus Milliarden Sternen der Milchstraße.

Ein strahlenförmiges Okular zieht vorüber und sieht: Im Arbeitszimmer des Vaters brennt Licht. Er sitzt an seinem Schreibtisch aus Mahagoni. Eine goldene Füllfeder kratzt über Papier. Eines Tages, so beendet der Vater seinen letzten Satz und schreibt noch: In Liebe A. Dann steckt er den Brief in seine Tasche, schlägt den Mantelkragen hoch und verlässt das Haus.

Unsichtbar am Himmel der Mond. Nur auf seiner Rückseite ist es hell. Die will er dir zeigen. Eines Tages. In Liebe A.

Siebenunddreißig Jahre später: Du und ich. Ich gerade sechs Jahre alt. Wir stehen im seichten Wasser, im Hintergrund der Horizont und am Strand, nur wenige Meter entfernt, der Vater und auch Großvater.

Er tritt ein paar Schritte zurück, um ein Foto von uns zu machen. Ein wunderschönes Bild, sagt er und sieht in vier glänzende Augen. Sie schauen ihn an, brennen sich in seine Netzhaut und stehen Kopf.

Und: Klick.

Im blinden Fleck, etwa fünfzehn Grad schläfenwärts, die Ehefrau, jetzt Witwe. Sie war nicht wegzudenken.

Ich sah aus dem Fenster. Ihr Platz war leer.

Dann ein leises Klopfen an der Tür. Ich, hinter dem Schreibtisch aus Mahagoni, horchte auf. Herein, sagte ich.

Ob ich nicht zu ihnen an den Tisch zurückkehren wolle?

Ja. Ich sah mich bereits Platz nehmen. Alles wäre wieder beim Alten. Neben mir Ulrich. Vor mir Pluck und Klaas.

Da sei ich ja wieder. Pluck.

Und besser sähe ich aus. Ulrich.

Ach, ihm sei gar nicht aufgefallen, dass und so weiter. Klaas.

Ob ich mich eigentlich für Golf interessiere? Baldur.

Oder für Schach? Ulrich.

Oder für Astronomie? Klaas.

Oder für Kunst? Pluck.

Ob ich noch etwas essen wolle? Der Koch.

Man habe meinen Teller vorsichtshalber abdecken lassen. Der Kellner.

Wegen der Fliegen. Isolde.

Sei doch schade um das gute Essen. Der Koch.

Gewiss schon kalt. Klaas.

Papperlapapp! Bei diesen Temperaturen kühle nichts ab, nicht mal die Gemüter. Ulrich.

Noch Wein? Der Kellner.

Ob es nicht langsam Zeit für das Digestifchen sei? Ulrich.

Aber nein, die Witwe war wieder zum Tisch zurückgekehrt, winkte ab, gab Anselm ein Zeichen und der stand auf. Liebe Familie, liebe Freunde und so weiter.

Gleich würde der angekündigte Spaziergang folgen.

Anselm schaute fragend in die Runde.

Ein allgemeines Nicken und dann: Aufbruchstimmung.

Das abgenagte Ferkel zog schon los, auf seinem Servierwagen, seiner Totenkutsche. Der Trauerzug hinterher, am Fenster des Arbeitszimmers vorbei, raus aus dem Garten, über den Hof, durch das Tor, den schmalen Pfad entlang und auf die Straße.

Verstohlene Blicke in Richtung Kellner und Koch. Sie könnten auf Klapphockern vor ihrem Lieferwagen sitzen und an den Ferkelrippchen nagen. Verschmierte Münder, verschmierte Hände, zum Gruß erhoben.

Wegsehen, einfach wegsehen und weiterlaufen, immer geradeaus, die brennende Sonne im Schlepptau.

Ein bisschen zu warm.

Ach was! So schönes Wetter. Ein bisschen die Beine vertreten.

Man werde bestimmt schwitzen, so ganz in Schwarz.

Aber in der Kirche angenehm kühl.

Und Bachs Toccata zum Einstieg.

Fantastisch.

Ein Klangredner, seine Stücke Gespräche.

Und die vielen Stimmen. Alle wieder zusammengefunden.

Genau zum richtigen Zeitpunkt.

Ganz herrlich!

Wohl wahr!

Ganz idyllisch!

Auch das.

Abermals verstohlene Blicke. Diesmal in die nachbarlichen Vorgärten. Ein Rottweiler guckt träge aus seiner Hundehütte, macht sich nicht die Mühe, aufzustehen und zu bellen. Zu warm.

Schon heute Morgen war es ihm zu warm dafür gewesen. Auch für mich hatte er sich kaum interessiert.

Sollen sie doch alle an meinem Grundstück vorbeilaufen, könnte er sich jetzt denken, an seinem Grundstück vorbei und dann in den Park.

Zur Linken ein kleiner Weiher und ein Schild: Baden verboten, Angeln verboten, Schlittschuhlaufen verboten.

Ich, Esther Zinn, war oft in diesem Park, auch oft an diesem Weiher. Dort habe ich schwimmen gelernt. Und Schlittschuhlaufen. Geangelt habe ich nie. Ich mag auch gar keinen Fisch.

Ein Foto: Ein Handtuch, nur schemenhaft zu erkennen, hängt am Ast eines Baumes.

Und wo bist du?, fragte ich.

Da im Hintergrund!

Wo?

Na, da! Der kleine, helle Punkt da auf dem Wasser, das bin ich, sagtest du.

Der Trauerzug gerät ins Stocken. Was ist denn das dahinten?

Wo?

Na, da, der kleine, helle Punkt auf dem Wasser! Schwimmt da etwa jemand?

Ja, da schwimmt jemand, aber wer?

Ein Kind!

Sag mal, Kind, kannst du denn nicht lesen, was auf dem Schild geschrieben steht? Baden verboten! Hallo? Hey, du!

Stille. Die Wasseroberfläche ganz glatt. Niemand da. Also weiter durch den Park und aus dem Park hinaus.

Auf der gegenüberliegenden Straßenseite die Schule. Hinter der alten Backsteinfassade, hinter den Torbögen mit der verwitterten Aufschrift Knaben und Mädchen der leere Schulhof, dahinter eine Turnhalle, die Oberlichter aus Milchglas, leicht gekippt.

Eine Trillerpfeife hatte am frühen Morgen die ersten Kommandos erteilt, gleich nach Ertönen des dreifachen Gongs, gleich nachdem ein Mann in grauem Overall die Blumen am Rand des bunt gestrichelten Asphalts gegossen hatte.

Gleich wird der dreifache Gong wieder zu hören sein, vielleicht zum letzten Mal für heute.

Kurz nach drei. Rotgesichtige Kinderscharen. Sie schleifen ihre Turnbeutel hinter sich her.

Der Mann im Overall eilt mit dem Besen herbei, arbeitet sich von der Halle über den Hof bis zu den Toren vor, schiebt den Schirm seiner Mütze nach oben und kratzt sich am Kopf. Versteht man's? Bei der Hitze in schwarzen Anzügen? Verrückt. Und vorhin schon geisterte dieser eigenartige Kerl hier herum. Wer das wohl war? Was der wohl wollte? Wusste es wohl selber nicht so genau.

In der Marktgasse Neun die ehemalige Schneiderei Zinn.

Eine Frau in rotweiß geringelter Bluse hatte auf der Auslage im Fenster gekniet, eine übergroße Eistüte aus Plastik zurechtgerückt, sie mit dem Gesicht nach vorn gedreht. Ein breites Lächeln. Auch auf dem Gesicht der Frau. Sie hatte auf die verschlossene Eingangstür neben sich gedeutet. Ab neun Uhr geöffnet. Und: Aushilfe gesucht. Und: Wohnung zu vermieten, stand dort geschrieben. Darüber, in der ersten Etage, hinter dem ersten, zweiten und dritten Fenster von links: Stube, Küche und Schlafzimmer. Ein anderes Zimmer mit angrenzender kleiner Kammer ging zum Hof raus. Die Zwischenwand war vor langer Zeit vom einarmigen Zinn herausgeschlagen worden. Da schlafe von nun an die Kleine, soll er gesagt haben. Staub im Gesicht und den schweren Hammer noch auf der Schulter.

Im Hintergrund ein Surren. Ein Vorhang wurde genäht. Aus Stoffresten. Tweed, Samt, Natté, auch Gabardine und so weiter. Blumen und Schachbrettmuster, sogar kleine Rehe seien darauf gewesen. Ein wirklich schöner Vorhang, sagtest du.

Ich, Esther Zinn, zählte zum Einschlafen Rehe, selbst dann, wenn es zu dunkel war, um sie auf dem Vorhang zu erkennen.

Drei Zimmer, fünfzig Quadratmeter, fünfhundert Euro kalt. Einbauküche, neues Bad, Schlafzimmer mit begehbarem Kleiderschrank, frisch verlegtes Laminat, schalldichte Fenster mit Jalousien.

Noch verschlossen, aber die Frau in rotweiß geringelter Bluse, Frau Seidel, hatte die Jalousien für mich hochgezogen. So, bitte, sehen Sie sich in aller Ruhe um, ich bin unten, muss noch einiges vorbereiten, bevor die Tür aufgesperrt wird.

Ich war im Flur stehengeblieben, hatte gewartet, bis Frau Seidel gegangen war. Es roch nach Farbe und Leim. Meine Schuhsohlen quietschten über das helle Laminat, quietschten durch den Flur in die Stube und zurück, weiter durch die Küche. Damals muss der Raum etwas größer gewesen sein. Man hatte ihn geteilt und nebenan das Badezimmer untergebracht. Ein Spiegelschrank über dem Waschbecken. Zurück auf den Flur, durch das Schlafzimmer der alten Zinns und zurück.

Dann das Zimmer deiner Mutter und dir. Alles hell. Weiße Fensterrahmen, weiße Wände, anstelle des bunten Vorhangs weiße Lamellentüren. Beim Öffnen schaltete sich automatisch das Licht an. Leere Regalflächen, Kleiderstangen und Schubfächer im begehbaren, automatisch beleuchteten Kleiderschrank.

Ob sie mir zugesagt habe, die Wohnung, hatte Frau Seidel anschließend von mir wissen wollen. Alles frisch renoviert. Eine Heidenarbeit sei das gewesen.

Frau Seidels Schicht wird schon vorbei sein, wenn die rotgesichtige Kinderschar im Eiscafé Venezia eintrifft, etwas davon und davon will, auch davon, nein, von dem Blauen da.

Schlumpfeis?

Ja, Schlumpfeis!

Kleingeld klimpert in den Hosentaschen. Fahrräder verstellen den Weg. Kein Durchkommen für niemanden.

Die Witwe muss den Bürgersteig verlassen, geht über Kopfsteinpflaster, die Anderen folgen ihr, und gemeinsam glauben sie, für einen kurzen Moment hinter sich das Klappern eines Rades zu hören.

Sie drehen sich um, glauben, den Verstorbenen auf sich zufahren zu sehen. Vorn auf dem Lenker ein Kind, ein Mädchen, du, deine Haare noch nass vom Schwimmen.

Kommen uns die beiden nicht irgendwie bekannt vor?

Wer? Was? Ich habe gerade. Weiß nicht und so weiter.

Haben wir die Kleine nicht eben am Weiher gesehen?

Ach, was! Die Hitze, die Hitze. Bitte weiter, der Witwe, den Söhnen und dem Bruder des Verstorbenen hinterher in Richtung Kino.

Der Vordereingang des Kinos eine Tür aus Glas, der Hintereingang eine Tür aus Stahl. Sie war verschlossen gewesen, die Klinke durch einen Knauf ersetzt.

Auch keine rotierenden Projektoren mehr, dafür Filme in bester Bildqualität, gestochen scharf, digital. Aber einmal im Monat werfe er die surrenden Maschinen noch an, präsentiere seine Filmschätze, hatte der alte Kins zu mir gesagt, den Hut gelüftet, mir einen schönen Morgen gewünscht, und die Stahltür hinter sich ins Schloss fallen lassen.

Im Schaukasten des Kinos spiegelt sich jetzt der Totenzug. Der alte Kins geht ein paar Schritte zurück, dann wieder auf den Schaukasten zu, haucht gegen das Glas und wischt mit seinem Hemdsärmel den Totenzug weg, nur das Kind lässt er stehen, erkennt es wieder. Kins muss um die neunzig Jahre alt sein, doch vergesslich ist er nicht. Kommst du mal wieder vorbei, um dir einen Film anzusehen?, fragt er.

Du schüttelst den Kopf und zeigst dem Totenzug hinterher.

Kins nickt.

In der Ferne, auf vierhundertsechzig Metern über Normalhöhennull, das Observatorium. Auf dem höchsten Punkt das Hauptgebäude mit Refraktor, flankiert von zwei niedrigeren Bauten, einer Kuppel mit Teleskop und einem Meridianhaus zur Beobachtung der Sternpassagen.

Führungen nur nach Voranmeldung.

Das Gelände ein weit verzweigtes System aus Wegen, Aufgängen, Stiegen und Aussichtsplattformen.

Von 7:00 bis 24:00 Uhr geöffnet. Eintritt frei.

Und schon nimmt die schöne Dora den Totenzug in Empfang.

Klaas küsst ihr zur Begrüßung die Hand. Ganz zart und glatt die Hand, und Dora schöner denn je, überhaupt nicht gealtert, denkt er und wundert sich. Wie es ihr in den letzten Jahren ergangen ist?, will er die schöne Dora gerade fragen, aber da gleitet sie schon an ihm vorbei, wischt mit der Hand über die Äste einer mannshohen Zeder und verschwindet.

Klaas starrt die Zeder an und erinnert sich, hat noch genau vor Augen, wie er damals auf einen Spaten gestützt dastand, verlegen und doch hoffnungsvoll lächelnd in die Runde blickte. Mit weit aufgerissenen Augen und Schweißringen unter den Armen. Neben ihm die frisch gepflanzte Zeder.

Schon mit dem ersten Spatenstich musste ihm klar gewesen sein, dass es nicht leicht sein würde, die Zeder einzupflanzen. Doch was blieb ihm anderes übrig? Er grub weiter, begann zu schwitzen, schaffte es aber schließlich irgendwann, hievte den Baum samt Ballen in die Mulde und schüttete sie wieder zu. Ob Anton ihm die Mühe danken, ihn einen Freund nennen würde?

Und: Klick.

Herr Direktor, darf ich Sie noch dazu bitten? Moment, ein bisschen weiter nach links zur Zeder rücken. Herr Klaas, bitte etwas zurücktreten. Ja, so ist es gut! Bitte lächeln.

Und: Klick.

Bildunterschrift: Der frisch zum Direktor ernannte Anton Hamann und dessen Kollege Gerhard Klaas beim Pflanzen einer Zeder auf dem Gelände des Observatoriums, 1968. Abgedruckt im Manuskript. Außerdem die Nahaufnahme der Steintafel, der Bodenplatte. Bildunterschrift: Zu Ehren des in Rente gegangenen Direktors Anton Hamann, 1986.

Ach, richtig, und dann war da noch die Tafel, aber wo ist sie denn hin?, fragt sich Klaas und scharrt mit den Füßen über das vertrocknete Gras. War sie nicht direkt hier eingelassen worden, neben der Zeder? Klaas ist bereits auf die Knie gegangen, will die Äste anheben, will nachsehen.

Unweit dieser Szene wirft der vier Meter hohe Obelisk seinen Schatten und lässt ihn langsam über eine kreisrunde Steinfläche wandern.

Aber, aber, lieber Klaas, sagt Ulrich, mach dich nicht lächerlich, stell dich doch bitte wieder hin. Meine Mutter weiß, wo die Tafel sich befindet.

Soll ich jetzt etwa auf die Knie gehen und danach suchen?, fragt sie trocken.

Aber nein, nicht nötig. Du erinnerst dich doch bestimmt, was auf der Tafel geschrieben steht, nicht wahr?

Ja, natürlich.

Bitte zitiere!

Sterne lügen nicht, sie verraten einem aber auch nichts, sie schweigen. Es gibt sicherlich kein ehrlicheres Schweigen als das der Sterne!

Die Stimme der Witwe wie geölt. Keine Spur von Heiserkeit, kein Räuspern. Alles deutlich, überdeutlich und monoton vorgetragen.

Sehr gut, Mutter! Und wer hat's gesagt?

Mein Mann.

Und wann?

Neunzehnhundertsechsundachtzig.

Nein, ich meinte, wann er diese Sätze zum ersten Mal geäußert hat.

Das weiß ich nicht.

Klaas? Pluck? Wisst ihr das vielleicht? Wer erinnert sich? Niemand?

Stille.

# 13

Buchstabe für Buchstabe hatte der Steinmetz die Inschrift ins Granit gemeißelt und anschließend vorsichtig den Staub weggewischt.

Gut so?

Ja.

Esther Zinn

* 24.10.1946 † 13.02.2007

Parzelle einundzwanzig, Reihe drei. Eine längliche Tafel aus Granitstein. Drumherum efeuumrankte Grabsteine, moosige Kreuze, die Skulptur eines schlafenden Löwen. Und in der Ferne, im Schatten der Bäume, die Silhouette von irgendwem. Gleich wird der Friedhofswächter seine letzte Runde drehen. Den schweren Schlüsselbund schon in der Hand. Ich höre ihn klimpern, höre ihn kommen. Siehst du? Wie ich gesagt habe. Da ist er.

Brauchen Sie noch lange?

Nein.

Sie pflanzen Holunder?

Ja.

Gut. Das ist gut. In fünfzehn Minuten schließe ich das Tor ab. In Ordnung?

In Ordnung.

Also dann.

Also dann.

# Dank

Ich danke meiner wundervoll eigensinnigen Mutter – immer und für alles! –, außerdem meinem Partner Ulrich für seine Gelassenheit, mit der er meinen nicht selten zeternden Monologen über das Schreiben folgte. Dank an dessen Familie für ihr Starter-Paket: das Notizheft und die Salz- und Pfefferstreuer Goethe & Schiller. Dank an meine Freundin Sophie für die Gespräche über Gustav & Co, die guten Weine und ihre reizend brachiale Art Gemüse zu schneiden, und einen sechsfachen Dank an die Kolleg*innen der DLL-Schreibwerkstatt Maja-Maria Becker, Kaśka Bryla, Christoph Kins, Tillmann Severin, Bettina Wilpert und Maren Wurster. Ich bin glücklich und stolz in der Verbrecher-Kartei zu sein! Also nicht zuletzt gilt mein Dank natürlich auch Kristine und Jörg.

Bettina Wilpert

**NICHTS, WAS UNS PASSIERT**

*Roman*

Hardcover
168 Seiten
19 €

ISBN: 978-3-95732-307-1

Leipzig. Sommer. Universität, Fußball-WM und Volksküche. Gute Freunde. Eine Geburtstagsfeier. Anna sagt, sie wurde vergewaltigt. Jonas sagt, es war einvernehmlicher Geschlechtsverkehr. Aussage steht gegen Aussage. Nach zwei Monaten nah an der Verzweiflung zeigt Anna Jonas schließlich an, doch im Freundeskreis hängt bald das Wort »Falschbeschuldigung« in der Luft. Jonas' und Annas Glaubwürdigkeit und ihre Freundschaften werden aufs Spiel gesetzt.

Der Roman »nichts, was uns passiert« thematisiert, welchen Einfluss eine Vergewaltigung auf Opfer, Täter und das Umfeld hat und wie eine Gesellschaft mit sexueller Gewalt umgeht.

*Bettina Wilpert* wurde mit ihrem Debütroman »nichts, was uns passiert« mit dem Förderpreis zum Lessing-Preis des Freistaates Sachsen ausgezeichnet und landete auf der Hotlist 2018, durch die alljährlich die 10 besten Bücher aus unabhängigen Verlagen gekürt werden. Im Rahmen dessen gewann sie den Melusine-Huss-Preis. Außerdem erhielt Bettina Wilpert für das Buch den ZDF-»aspekte«-Literaturpreis für das beste literarische Debüt des Jahres 2018.

Verbrecher Verlag | Gneisenaustraße 2a | 10961 Berlin | info@verbrecherei.de
www.verbrecherei.de